o jogador

dos
tei
evs
ki

o jogador

Tradução e notas:
Oleg Almeida

MARTIN CLARET

Sumário

Duas paixões do jogador[1]

No verão de 1865, à beira da iminente falência, Fiódor Dostoiévski se viu obrigado a ceder ao livreiro Stellóvski,[2] a quem chamava de "especulador" e "mau caráter", o direito de publicar uma coletânea de suas obras. O respectivo contrato era extremamente injusto, contendo, em particular, a cláusula de que, se o autor não fornecesse à editora um novo romance até, no máximo, 1º de novembro de 1866, esta se apossaria, sem recompensa alguma, de todos os livros que ele viesse a produzir em nove anos seguidos. Foi então que Dostoiévski relembrou a ideia que tivera ainda no outono de 1863, durante uma viagem pela Europa, a de contar a história de um jovem russo radicado na Alemanha, o qual, apesar de nobre, inteligente e generoso, não faz outra coisa senão perambular de cassino em cassino e gastar "todos os fluidos e forças vitais, toda a sua energia infrene e toda a coragem"[3] com os jogos de azar. A princípio, o projeto ficou engavetado — dedicando-se, no momento, à composição de *Crime e castigo*, um dos seus romances

---

[1] *O jogador* é citado pela edição: Ф. Достоевский. Игрок: романы; рассказы. Москва, 2010; стр. 5-146, em que também se baseia a tradução do romance para o português.

[2] Stellóvski, Fiódor Timoféievitch (1826 –1875): empresário russo, famoso, em especial, por suas edições de partituras da música erudita.

[3] Carta a Nikolai Strákhov de 18 (30) de setembro de 1863: Ф.М. Достоевский. Собрание сочинений в пятнадцати томах. Ленинград/Санкт-Петербург, 1988-1996. Том 15, стр. 226.

mais significativos, Dostoiévski não tinha condições físicas de levá-lo adiante — e ressurgiu apenas um mês antes de expirar o prazo estabelecido por Stellóvski. A ameaça de perder sua independência criativa deixou o escritor desesperado. Jamais, ao longo de toda a carreira, ele trabalhou tão rápida e intensamente como naquele fatídico outubro de 1866! Ciente de que não lhe sobrava tempo para escrever da maneira tradicional, resolveu lançar mão de estenografia, inovação pouco difundida na época, e acabou vencendo o desafio. Ditou o texto intitulado *Rolettenburg* à estenógrafa Anna Snítkina, sua futura esposa e ajudante pelo resto da vida, em cerca de três semanas, e entregou-o, cumprindo o inadiável compromisso, no dia 31 de outubro. Dois coelhos foram, pois, mortos com uma cajadada só: além de livrar-se das pressões do ganancioso editor, Dostoiévski presenteou os gratos leitores com uma autêntica obra-prima. Lançada sob o título *O jogador* (na última hora, Stellóvski insistira em trocar o nome original por outro, "mais russo"), ela gerou vasta repercussão nos círculos letrados da Rússia, e, a partir dali, sua popularidade não parou de crescer. O livro foi traduzido para dezenas de línguas e deu início, já no século XX, a numerosas interpretações cênicas, musicais e cinematográficas. Basta mencionar, por exemplo, a homônima ópera de Serguei Prokófiev[4] estreada em 1929 e o filme de Claude Autant-Lara[5] exibido em 1958 para avaliar a envergadura de seu alcance internacional.

---

[4] Prokófiev, Serguei Serguéievitch (1891–1953): célebre compositor, regente e pianista russo, autor de óperas, sinfonias, balés, concertos instrumentais.

[5] Autant-Lara, Claude (1901–2000): diretor de cinema francês.

O jogador é, antes de tudo, um romance sobre a roleta, ou melhor, sobre o impacto destrutivo e, muitas vezes, irreversível a que o jogo de azar, igual a qualquer vício descontrolado, expõe a personalidade humana. Dostoiévski conhecia bem as "suntuosas cidades de roleta situadas ao longo do Reno", aonde os aventureiros de vários países afluíam, em massa, para tentar a sorte. Sendo, ele próprio, um jogador de carteirinha, frequentou os cassinos de Homburg, Wiesbaden e Baden-Baden, sofreu lá perdas consideráveis e, dessa forma, adquiriu uma experiência ampla e dolorosa o suficiente para explicitar a rotina deles como testemunha e, não seria exagero afirmar isto, como vítima. As moedas de ouro e notas bancárias amontoadas no famigerado pano verde, o giro vertiginoso das rodas de fortuna, os brados dos *croupiers* anunciando vitórias e malogros num francês estereotipado e, afinal, o público, todas aquelas pessoas que "jogam da manhã até a noite, prestes, talvez, a jogar (...) até a manhã seguinte", com suas mãos trêmulas e fisionomias pálidas de sordidez: provindas mais da memória sóbria e amargurada que da fantasia em brasa, essas imagens cativam o leitor desde as primeiras páginas do livro e seguem-no, cada vez mais apreensivo, até o desfecho. Mesmo quem não tiver nenhum interesse pela roleta fica impressionado com a bizarra e angustiante atmosfera que a rodeia, como se por acaso tivesse entrado numa casa de jogo! Poucos relatos deste gênero presentes na literatura mundial poderiam rivalizar em expressividade e persuasão com o texto dostoievskiano. Entretanto o seu valor estético não se limita à verdade nua e crua, peculiar de uma reportagem sensacionalista. Não é a roleta nem o jogo em geral que se encontra no centro da narrativa, mas, sim, o acirrado conflito de duas paixões arrebatadoras, uma das quais origina e gradualmente atiça a outra para, no fim das contas, sucumbir a ela. O jogo do amor ou o amor pelo jogo — esse dramático binômio constitui a fonte das peripécias descritas.

O protagonista do romance, Alexei Ivânovitch, é um preceptor, figura bastante comum nas ricas famílias russas do século XIX, que acompanha um general reformado numa longa excursão europeia, dando aulas aos pequenos filhos dele. Sua situação parece estranha: o que faz um fidalgo de vinte e cinco anos de idade, que domina três idiomas e possui um diploma universitário, aceitar um padrão de vida tão precário assim? Os motivos são revelados aos poucos. Decepcionado com a Rússia patriarcal e disposto a buscar novas impressões no estrangeiro (segundo as estatísticas, apenas em 1860 duzentos mil russos das classes média e alta deixaram a pátria por semelhantes razões), ele também está perdidamente apaixonado por Polina, enteada do general, e nisso também se reflete a experiência pessoal do autor. Sabe-se que Dostoiévski teve um namoro malsucedido com Apollinária Súslova,[6] mulher forte e orgulhosa, feminista à frente do seu tempo, de cuja índole Vassíli Rózanov,[7] seu marido nos anos 1880, diria: “Era difícil viver com ela, mas esquecê-la é impossível”.

---

[6] Súslova, Apollinária Prokófievna (1839–1918): escritora russa, modelo dos principais caracteres femininos de Dostoiévski em seus romances *O jogador*, *O idiota*, *Crime e castigo*, *Os demônios* e *Os irmãos Karamázov*.

[7] Rózanov, Vassíli Vassílievitch (1856–1919): filósofo e crítico literário russo.

Polina costuma tratar Alexei Ivânovitch do mesmo modo que Súslova tratava Dostoiévski, passando, numa espécie de trote sádico, do manifesto desprezo à aparente meiguice. Um dia, segreda-lhe a necessidade de pagar uma antiga dívida e pede que arranje para ela a maior quantia de dinheiro possível. "(...) Tenho plena certeza de que, quando começar a jogar (...), ganharei" — promete Alexei Ivânovitch. — "Então lhe darei o dinheiro de que você precisar." Duas paixões colidem com violência: o sentimento de amor, "grande e verdadeiro", que o jogador nutre no âmago, choca-se contra a mórbida atração pelo jogo que o subjuga inexoravelmente. Após diversas vicissitudes, expulso da família do general e afastado de Polina, obtendo, por "capricho da sorte", uma enorme quantia e, logo em seguida, desbaratando-a com uma amante casual, longe da sua terra, sozinho num ambiente hostil, ele se reconhece derrotado. A força centrífuga da roleta arremessa-o, desonrado e preso por insolvência, à margem da sociedade. "(...) Você acabou consigo. Tinha certas capacidades (...) e não era uma pessoa ruim; até mesmo poderia ser útil à sua pátria, a qual precisa tanto de homens certos, mas permanece aqui, e sua vida está acabada" — resume a sua ruína o magnânimo Mister Astley, um dos pouquíssimos amigos que ainda não lhe viraram as costas. Alexei Ivânovitch procura contestar essa opinião, declarando-se capaz de corrigir suas falhas e "ressuscitar dos mortos", volta a pensar em Polina, que pode ter guardado alguma lembrança dele, porém a compulsão de jogar se sobrepõe, de imediato, às suas emoções positivas. "Amanhã, amanhã tudo terá terminado!" — anima-se com o ensejo de arriscar os derradeiros tostões na roleta e desforrar-se, quem sabe, da desventura contínua. O autor lamenta o impasse final de seu *alter ego*, mas não nos mostra, realista que era, a pretensa ressurreição dele.

É claro que, a par da empolgante história do jogador e de Polina, o romance de Dostoiévski engloba outros episódios relevantes. Os leitores ora se riem das cômicas trapalhadas da "vovozinha" Antonida Vassílievna (o general, seu sobrinho, acredita que ela esteja para morrer, esperando, ansioso, pela herança, e de repente ela vem passear no exterior, cheia de saúde e jovialidade, envolve-se na jogatina e desperdiça, em questão de horas, boa parte do seu patrimônio), ora se indignam com as artimanhas do falso Marquês Des Grieux e da chamada Mademoiselle Blanche, cínica *femme fatale* à caça de títulos e cabedais, que também andam de olho na referida herança, ora apreciam os raciocínios argutos de Alexei Ivânovitch a respeito do "método alemão de aquisição honesta de riquezas" e da "forma nacional" dos franceses pela qual se engraçam as ingênuas donzelas russas, ora... Mas chega, chega de bisbilhotice! Em vez de tentarmos sumariar a obra dostoievskiana numa dúzia de frases, conheçamos de perto os personagens dela, viajemos em sua companhia para a imaginária e, não obstante, bem típica Rolettenburg, cidadezinha de luxo cuja economia depende da exploração dos cassinos, inteiremo-nos das suas mágoas e alegrias, desvendemos os seus mistérios — numa palavra, compartilhemos a sua vida, tal como o escritor a representa. O prazer da leitura é este: quaisquer infortúnios que acometerem os visitantes da onírica Las Vegas ou da Macau de antanho, não correremos o menor perigo em apostar uns trocados ao lado deles e depois observar, curiosos ou comovidos, o júbilo do ganhador e o desgosto do fracassado.

Oleg Almeida

o jogador

o diário de um jovem

Capítulo 1

Enfim cheguei a Rolettenburg[1] após duas semanas de ausência. Já fazia três dias que nossa gente estava ali. Eu pensei que eles esperavam por mim com Deus sabe quanta ansiedade, mas enganei-me. O general me olhou com absoluta indiferença, falou comigo arrogante e mandou-me ir tratar com sua irmã. Estava claro que eles tinham conseguido dinheiro em algum lugar. Parecia-me, inclusive, que a minha presença deixava o general um tanto envergonhado. Maria Filíppovna estava ocupadíssima, de modo que me deu pouca atenção; tomou, porém, o dinheiro, conferiu-o e ouviu meu relato por inteiro. Mezentsov, o francesinho e um certo inglês tinham sido convidados para o almoço: havendo dinheiro, haveria, como de praxe, um banquete à moscovita. Polina Alexândrovna perguntou, tão logo me viu, pelos motivos de minha demora e, sem aguardar a resposta, foi embora. Decerto o fez propositalmente. Contudo, precisávamos conversar. Tinha muita coisa a dizer-lhe.

Um quartinho foi reservado para mim no quarto andar do hotel. Sabe-se por aqui que eu pertenço à *comitiva do general*. Esta já se tornou, pelo visto, bem conhecida. Todos creem que o general seja o mais rico dos fidalgos russos. Ainda antes do almoço, além das outras comissões, ele me pediu que trocasse duas notas

[1] Fictícia cidade alemã ("Cidade da roleta") cujo protótipo é, provavelmente, Wiesbaden.

de mil francos cada uma. Troquei-as no escritório do hotel. Agora ter-nos-ão na conta de milionários, pelo menos por uma semana. Queria dar um passeio com Micha e Nádia, mas, quando descíamos a escada, o general mandou chamar-me, achando que lhe convinha saber aonde os levaria. Decididamente esse homem não consegue encarar-me; até que queria, mas todas as vezes eu retribuo com um olhar tão atento, isto é, tão irreverente que ele fica embaraçado. Mediante um discurso muito enfático, pregando uma frase na outra e acabando por confundir-se completamente, ele me deu a entender que seria bom eu passear com as crianças em algum lugar no parque, bem longe do cassino. Zangou-se, por fim, e acrescentou severo:

— É que você pode levar as crianças ao cassino e pô-las junto das roletas. Desculpe-me — complementou —, mas eu sei que você ainda está bastante leviano e seria capaz de jogar. Em todo caso, se bem que não seja seu tutor nem queira assumir tal papel, tenho o direito de desejar, ao menos, que você, digamos assim, não me comprometa...

— Nem sequer tenho dinheiro — repliquei calmamente. — É preciso ter o dinheiro para perdê-lo.

— Receberá agora mesmo — respondeu o general, corando de leve; vasculhou sua escrivaninha, consultou um livreto e soube que me devia uns cento e vinte rublos.[2]

— Como é que vamos acertar as contas? — disse então. — Precisamos convertê-los em táleres.[3] Eis aqui

---

[2] Moeda russa, equivalente a 100 copeques.

[3] Antiga moeda alemã de prata.

cem táleres para arredondar, tome; quanto ao restante, por certo não se perderá.

Calado, peguei o dinheiro.

— Não se ofenda com minhas palavras, é tão melindroso... Se lhe faço uma objeção dessas, é para, digamos assim, adverti-lo. Sem dúvida, tenho certo direito de fazer isso...

Voltando, antes do almoço, para casa com as crianças, avistei uma verdadeira cavalgada. Nossa gente tinha ido visitar lá umas ruínas. Duas carruagens de luxo, pomposos cavalos! Mademoiselle Blanche estava numa das carruagens com Maria Filíppovna e Polina; o francesinho, o inglês e nosso general iam a cavalo. Os transeuntes paravam e olhavam; o efeito fora produzido, mas o general se sairia mal. Eu calculei que, somados os quatro mil francos por mim trazidos àquilo que eles mesmos teriam arranjado, a família dispunha de sete ou oito mil francos, uma ninharia para Mademoiselle Blanche.

Mademoiselle Blanche mora em nosso hotel com a mãe; o francesinho também está por aí. Os lacaios chamam-no "*monsieur le comte*",[4] enquanto a mãe de Mademoiselle Blanche é chamada "*madame la comtesse*";[5] quem sabe, talvez sejam mesmo "*comte et comtesse*".

Eu já sabia que, encontrando-me durante o almoço, *monsieur le comte* não me reconheceria. O general decerto nem pensaria em apresentar-nos um ao outro ou, pelo menos, em mencionar o meu nome, e o próprio *monsieur*

---

[4] Senhor conde. (As palavras e expressões francesas, bem numerosas no texto, não são especificadas nas notas de rodapé.)

[5] Senhora condessa.

le comte visitou a Rússia e sabe que o *outchitel*,[6] como eles me denominam, não é grande figura. Aliás, ele me conhece muito bem. Confesso, entretanto, que não fui convidado para o almoço; ao que parece, o general se esqueceu de dar as respectivas ordens, senão teria mandado que almoçasse à *table-d'hôte*.[7] Vim, pois, por conta própria, e o general fixou em mim um olhar descontente. A bondosa Maria Filíppovna logo indicou o meu assento; porém o encontro com Mister Astley ia ajudar-me a integrar, embora a contragosto, o círculo deles.

Encontrei esse inglês esquisito, primeiro, na Prússia,[8] num vagão onde estávamos sentados um em face do outro, quando eu ia atrás de nossa gente; depois me deparei com ele na fronteira da França e, por fim, na Suíça — duas vezes no decorrer das duas últimas semanas —, revendo-o de súbito em Rolettenburg. Jamais conhecera um homem tão acanhado assim; sua timidez está beirando a estupidez, e ele mesmo, sem dúvida, sabe disso por não ser nada estúpido. Aliás, é muito gentil e sereno. Fi-lo conversar por ocasião do primeiro encontro na Prússia. Ele me disse que tinha passado o verão no Cabo Norte[9] e que gostaria de visitar a feira de Níjni-Nóvgorod.[10] Não sei como ele conheceu o general. Todavia me parece que anda perdidamente apaixonado por Polina: quando ela entrou, ficou vermelho feito o arrebol. Estava muito contente

---

[6] Preceptor (em russo).

[7] Refeitório no hotel.

[8] Região histórica da Alemanha, situada no litoral do mar Báltico.

[9] Ilha no norte da Noruega.

[10] Grande cidade russa localizada na região do rio Volga.

de ver-me sentado ao lado dele; pelo visto, ele já me considera seu amigo do peito.

Durante o almoço, o francesinho estava cheio de si, fazendo pouco caso de todo o mundo. E lá em Moscou, que me lembre, soltava bolhas de sabão. Ele falava demais das finanças e políticas russas. O general ousava, por vezes, contradizê-lo, mas bem humilde, com a única finalidade de não perder, em definitivo, seus ares de importância.

Meu humor estava meio estranho; antes ainda que chegássemos ao meio do almoço, surgiu-me a costumeira e sempiterna dúvida: por que continuava grudado ao general, em vez de tê-lo abandonado há tempos? De vez em quando, eu olhava para Polina Alexândrovna; ela não me dava a mínima atenção. Acabei tomado de cólera e decidi extravasá-la.

Comecei por intrometer-me, de supetão e sem motivo algum, na conversa dos outros. Falava alto e sem pedir licença, disposto, principalmente, a implicar com o francesinho. Dirigindo-me ao general e, parece mesmo, interrompendo-o, fiz uma declaração repentina, brusca e clara de que naquele verão os russos estavam quase proibidos de almoçar às *tables-d'hôte* dos hotéis. O general me lançou um olhar espantado.

— Se você der valor a si mesmo — prosseguia eu —, por certo enfrentará xingamentos e terá de suportar graves afrontas. Em Paris e no Reno, até na Suíça, há tantos polacos e seus amiguinhos franceses às *tables-d'hôte* que, sendo russo, você não consegue articular uma só palavra.

Isso foi dito em francês. O general me fitava estupefato, sem saber se devia ficar furioso ou tão somente perplexo com minha afoiteza.

— Quer dizer que alguém lhe deu umas lições por aí — retrucou o francesinho com desdém e desprezo.

— Briguei em Paris, primeiro, com um polaco — respondi —, e depois com um oficial francês que apoiava esse polaco. Em seguida, parte dos franceses me apoiou, quando contei como queria cuspir no café do monsenhor.[11]

— Cuspir? — perguntou o general, olhando, com uma altiva admiração, para os lados. O francesinho me examinava incrédulo.

— Exatamente — respondi. — Passei dois dias inteiros convencido de que talvez fosse preciso dar um pulinho a Roma, para tratar de nossos negócios, e acabei recorrendo à Nunciatura Apostólica[12] em Paris a fim de visar o meu passaporte. Lá fui recebido por um abade de uns cinquenta anos, todo miúdo, seco e de fisionomia gelada, que me escutou amavelmente, mas sem um pingo de cordialidade, e pediu que esperasse. Embora com pressa, sentei-me para esperar, tirei do bolso o *Opinion Nationale*[13] e comecei a ler um ultraje horribilíssimo contra a Rússia. Enquanto isso, ouvi alguém passar pela sala vizinha e vi o pequeno abade deixá-lo entrar, com reverências, no gabinete do monsenhor. Voltei a dirigir-lhe, então, o meu pedido, mas ele me respondeu, agora menos amável, que precisava esperar ainda. Pouco tempo depois, apareceu outro desconhecido, um austríaco; escutaram-no e logo o conduziram ao andar de cima. Dessa vez fiquei muito aborrecido; levantei-me,

---

[11] Neste contexto, título do núncio (embaixador) do Vaticano.
[12] Embaixada do Vaticano.
[13] "Opinião nacional", jornal parisiense editado de 1859 a 1879.

abordei o abade e disse-lhe resoluto que, atendendo outras pessoas, o monsenhor também poderia atender a mim. De chofre, o abade recuou boquiaberto. Não dava simplesmente para entender como um insignificante russo tinha a audácia de comparar-se às visitas do monsenhor. Da maneira mais insolente, como que entusiasmado com a oportunidade de ofender-me, ele me examinou da cabeça aos pés e gritou: "O senhor acha, talvez, que o monsenhor vai deixar seu café para atendê-lo?". Então eu também gritei, mais forte que o abade: "Pois fique sabendo que cuspo para o café desse seu monsenhor! Se não me visarem, agora mesmo, o passaporte, vou falar com ele pessoalmente".

"Como? Mas é o cardeal que está com ele!" — exclamou o pequeno abade, ao afastar-se de mim com pavor; foi correndo em direção às portas e abriu os braços em cruz, mostrando que antes cairia morto do que me deixaria entrar.

Respondi-lhe que era herege e bárbaro — *que je suis hérétique et barbare* —, e que não me importava com os arcebispos, cardeais, monsenhores e toda aquela gente. Numa palavra, dei a entender que não desistiria. O abade olhou para mim com uma fúria inesgotável, pegou, a seguir, o meu passaporte e levou-o ao andar de cima. Um minuto depois, já estava visado. Ei-lo aqui, gostariam de ver? — Tirei o passaporte e exibi o visto romano.

— Ora, você é bruto — o general ia dizer algo...

— O que lhe valeu foi ter-se declarado bárbaro e herege — observou o francesinho com uma risada. — *Cela n'était pas si bête.*[14]

---

[14] Isso não era tão bobo assim.

— E deveria imitar os nossos russos? Eles não se atrevem a dar um pio neste país, e estariam prestes a renegar sua condição de russos. Pelo menos, lá em Paris, o pessoal do hotel passou a tratar-me com mais gentileza, quando contei sobre a minha rixa com o abade. O gordo senhor polonês, a pessoa mais hostil no tocante a mim àquela *table-d'hôte*, ficou em segundo plano. Os franceses até aturaram o meu relato de ter visto, uns dois anos atrás, um homem que fora baleado, em 1812,[15] por um fuzileiro francês, unicamente para descarregar o fuzil. Na época, ele era um menino de dez anos, cuja família não tivera tempo de sair de Moscou.

— Isso é impossível — explodiu o francesinho —, um soldado francês não vai atirar contra uma criança!

— Entretanto isso aconteceu — respondi. — O caso me foi contado por um respeitável capitão reformado; vi com os próprios olhos uma cicatriz de bala na face dele.

O francês se pôs a falar muito e rápido. O general ia apoiá-lo, mas eu o aconselhei a ler, por exemplo, uns trechos das *Memórias* do general Peróvski,[16] que tinha sido, em 1812, aprisionado pelos franceses. Afinal Maria Filíppovna abordou outro assunto para mudar de conversa. O general estava irritadíssimo comigo, porque minha discussão com o francês transcorria, nesse momento, quase aos berros. Porém Mister Astley parecia muito contente com ela; ao levantar-se da mesa, ele propôs que tomássemos juntos uma taça de vinho. De noite, como se devia esperar, conversei por um quarto

---

[15] Trata-se da guerra da França napoleônica contra a Rússia.

[16] Peróvski, Vassíli Alexéievitch (1794–1857): estadista e militar russo.

de hora com Polina Alexândrovna. Nossa conversa se deu durante um passeio. Todos tinham ido ao cassino, através do parque. Polina se sentou num banco, defronte do chafariz, deixando Nádienka brincar por perto com outras crianças. Eu também deixei Micha ir ver o chafariz, e finalmente ficamos a sós.

Começamos falando sobre os negócios. Polina ficou simplesmente zangada comigo quando lhe entreguei apenas setecentos florins.[17] Tinha a certeza de que, penhorados seus diamantes, eu lhe traria de Paris, pelo menos, dois mil florins ou uma quantia maior ainda.

— Preciso desse dinheiro, custe o que custar — disse ela. — Devemos arranjá-lo, senão estou perdida.

Perguntei o que ocorrera em minha ausência.

— Só duas notícias é que vieram de Petersburgo: primeiro nos avisaram que a avó estava muito mal e, dois dias depois, que ela teria falecido. Quem avisou foi Timofei Petróvitch — acrescentou Polina —, e ele é bem pontual. Estamos à espera da última e definitiva mensagem.

— Estão, pois, todos esperando? — perguntei.

— Estão, sim: todos e tudo. Havia seis meses só contavam com isso.

— E você também espera? — fiz outra pergunta.

— Mas eu não sou da família dela, sou apenas enteada do general. Contudo estou segura de que ela me incluirá no testamento.

— Acho que vai receber uma vultosa herança — disse eu de modo afirmativo.

[17] Antiga moeda alemã e holandesa, também denominada *gulden*.

— Sim, ela gostava de mim. Mas por que é que *você* acha?

— Diga-me — revidei com mais uma pergunta —, parece que nosso marquês também está a par de todos os segredos da família.

— E você mesmo, por que estaria interessado nisso? — indagou-me Polina com um olhar seco e ríspido.

— E por que não? Se não me engano, o general já pediu a ele um empréstimo.

— Tem acertado em cheio.

— Então, o francês lhe daria dinheiro, se não soubesse do estado da vovozinha? Não sei se você reparou, quando estávamos à mesa: durante a nossa conversa, ele a chamou, umas três vezes, de vovozinha, *la baboulinka*. Que relações estreitas e amigáveis!

— Tem razão, sim. Tão logo ele souber que eu também herdei alguma coisa, pedir-me-á, de pronto, em casamento. Era isso que você queria saber?

— Ainda pedirá? Pensava que andasse pedindo há tempos.

— Você bem sabe que não! — disse Polina, emocionada. — Onde encontrou aquele inglês? — acrescentou após um minuto de silêncio.

— Sabia que me perguntaria por ele.

Contei-lhe sobre os meus recentes encontros com Mister Astley pelo caminho.

— Ele é tímido e sensível, e com certeza está apaixonado por você.

— Sim. Ele está apaixonado por mim — respondeu Polina.

— E com certeza é dez vezes mais rico do que o francês. Será que o francês realmente possui alguma coisa? Isso não gera dúvidas?

— Não gera, não. Ele tem um *château*.[18] Ontem o general falou sobre isso com toda a convicção. Pois bem, está satisfeito?

— Se eu fosse você casar-me-ia, sem dúvida, com o inglês.

— Por quê? — perguntou Polina.

— O francês é mais bonito e, ao mesmo tempo, mais cafajeste, e o inglês, além de honesto, é dez vezes mais rico — rematei.

— Sim; mas, em compensação, o francês é marquês e mais inteligente — redarguiu ela, tranquilíssima.

— Será verdade? — continuei insistindo.

— Verdade pura.

Minhas interrogações deixavam Polina fora de si; vendo que seu desejo era enraivecer-me com o tom e o disparate de sua resposta, não demorei em falar a respeito.

— É assim mesmo — disse ela —, sua raiva me diverte para valer. Deixo-o fazer tais perguntas e conjecturas, e só por isso você deveria pagar-me.

— Acho-me, realmente, no direito de fazer-lhe diversas perguntas — respondi com calma —, já que estou pronto a pagar por elas qualquer preço; inclusive a minha vida, que não vale nada para mim.

Polina desandou a rir:

— Da última vez, quando estávamos no Schlangenberg, você disse que uma palavra minha bastava para que se jogasse dali, de cabeça para baixo, e a altura era de, mais ou menos, mil pés. Um dia, vou pronunciar essa palavra só para ver você pagar a promessa, e pode ter

---

[18] Castelo.

certeza de que aguentarei firme. Detesto-o, justamente porque lhe permiti tanta coisa e, mais ainda, por precisar tanto de você. Mas, enquanto precisar de você, tenho de resguardá-lo.

Ela ia levantar-se. Falava irritada. Nesses últimos tempos, nossas conversas costumavam terminar com irritação e rancor, um rancor de verdade.

— Permita-me perguntar quem seria Mademoiselle Blanche — interpelei, para não a deixar escapar sem explicações.

— Você mesmo sabe quem é Mademoiselle Blanche. Nada mais veio à tona, desde então. Pode ser que Mademoiselle Blanche se torne generala: bem entendido, se o boato sobre a morte da avó se confirmar. É que tanto Mademoiselle Blanche quanto a mãe dela e seu *cousin*,[19] o marquês, todos eles sabem muito bem que estamos arruinados.

— E o general está mesmo apaixonado?

— Agora não se trata disso. Escute e decore: pegue esses setecentos florins e vá jogar; ganhe para mim na roleta o mais possível. Preciso de dinheiro, custe o que custar.

Dito isso, ela chamou Nádienka e foi ao cassino, onde se juntou a toda a nossa companhia. Quanto a mim, tomei o primeiro atalho do lado esquerdo, meditativo e admirado. A ordem de ir jogar na roleta fora igual a uma pancada na minha cabeça. Coisa estranha: tinha em que refletir; no entanto, entregara-me todo à análise de meus sentimentos em relação a Polina. Decerto estivera menos aflito nessas duas semanas de ausência

[19] Primo.

do que estava agora, no dia do regresso, embora ali, pelo caminho, tivesse sentido imensa saudade, corrido feito um louco e visto Polina a cada instante, mesmo em sonhos. Um dia (foi na Suíça), adormecendo num vagão, teria começado a falar com ela em voz alta, fazendo rirem todos os meus companheiros de viagem. Fiz-me outra vez aquela pergunta: será que a amo? E novamente não pude responder, ou melhor, respondi-me de novo, pela centésima vez, que a odiava. Sim, ela me era insuportável. Havia momentos (exatamente no fim de todas as nossas conversas) em que daria metade da minha vida para esganá-la! Juro que, se pudesse enfiar devagarinho uma faca bem afiada no peito dela, teria prazer em pegar essa faca. De resto, juro por tudo o que for sagrado: se no Schlangenberg, naquele *point* em voga, ela me tivesse dito "jogue-se para baixo", ter-me-ia jogado, de imediato e com deleite. Eu sabia disso. De uma maneira ou de outra, isso deve ser resolvido. Ela o entende com uma clareza assombrosa, e a ideia de que, total e nitidamente, eu me dou conta de quanto ela está inacessível para mim, de quanto são irrealizáveis as minhas fantasias, essa ideia lhe proporciona (tenho plena certeza disso) extremo prazer; senão poderia ela, moça reservada e inteligente, ter tanta intimidade e franqueza comigo? Parece-me que até agora ela me tem tratado como aquela antiga imperatriz que se despia na frente de seu escravo por não o considerar gente. Sim, várias vezes ela não tem percebido que eu sou um homem...

Entretanto eu tinha a incumbência dela de ganhar na roleta custasse o que custasse. Não dispunha de tempo para refletir: com que intuito e em que prazo me cumpria ganhar, e que novas cogitações despontavam nessa sua cabeça sempre cheia de cálculos? Ademais, era óbvio que, nessas duas semanas, surgira um monte de novos fatos, sobre os quais eu ainda não estava informado. Necessitava adivinhar tudo isso, inteirar-me de tudo o mais depressa possível. Mas por enquanto não tinha tempo: era preciso ir para a roleta.

Capítulo 2

Confesso que isso me desagradava: conquanto tivesse resolvido jogar, não me dispunha a começar jogando pelos outros. Tal sensação chegava a desconcertar-me um tanto, de modo que entrei nas salas de jogo todo contrariado. Foi à primeira vista que não gostei nada delas. Não aguento o tom de lacaio nos folhetins do mundo inteiro e, sobretudo, nos jornais russos, cujos folhetinistas abordam, quase toda primavera, dois temas: primeiro, o luxo extraordinário das salas de jogo nas suntuosas cidades de roleta, situadas ao longo do Reno, e, segundo, aqueles montões de ouro que supostamente ocupam as suas mesas. Os jornalistas, aliás, não são recompensados por isso, escrevendo por mera bajulação. Não há nenhum luxo nessas salas de quinta nem se vislumbram montes, tampouco montículos de ouro espalhados pelas mesas. É certo que, na alta temporada, aparece lá, vez por outra, um figurão inglês, ou então asiático — digamos, um turco, como neste verão —, e, de repente, perde ou ganha uma fortuna; os demais arriscam poucos florins, e o dinheiro posto na mesa é, em média, muito escasso. Mal adentrei (pela primeira vez na vida) a sala de jogo, faltou-me, por algum tempo, coragem para jogar. Além disso, havia uma multidão à minha volta. Acho que, mesmo se estivesse sozinho nessa noite, preferiria ir embora a meter-me em jogo. Confesso que meu coração batia bem forte e que o sangue-frio me fazia míngua; a decisão consciente, que tomara tempos atrás, consistia em não sair de Rolettenburg até que algo radical e determinante interferisse no meu destino. Preciso disso, e que assim seja. Por mais ridículas que se apresentem as minhas expectativas em relação à roleta, parece-me mais ridícula a rotineira e por todos reconhecida opinião de que é estúpido e absurdo a gente esperar algo do jogo. Será o jogo pior do que qualquer outro modo de ganhar dinheiro, por exemplo, o comércio? É verdade que, dentre cem jogadores, ganha um só. Mas o que tenho a ver com isso?

Em todo caso, resolvi, a princípio, observar a situação, sem começar nada sério nessa noite. Se algo fosse acontecer, tinha eu decidido, aconteceria de manso e por acaso. Precisava, além do mais, estudar o jogo em si; é que, apesar de ter lido, com tanta avidez, milhares de descrições da roleta, não tinha a menor ideia de seu funcionamento, antes de vê-la com os próprios olhos.

Logo de início, tudo me pareceu tão sujo, mau e sujo no sentido moral. Não falo dessas dezenas, até centenas de caras sórdidas e ansiosas que rodeiam as mesas de jogo. Decididamente não associo o desejo de ganhar mais dinheiro em menos tempo a nenhuma sordidez; sempre achei muito boba a opinião daquele moralista podre de rico que respondia a quem alegasse "ter apostado uns trocados": a pequena ganância é pior ainda. Isso aí: a ganância pequena e a ganância grande não são iguais. É um negócio proporcional. O que não passa de uma mixaria para Rothschild[1] é um dinheirão para mim; quanto aos lucros e ganhos, não só na roleta, como também por toda parte, as pessoas não fazem outra coisa senão ganhar ou arrebatar algo umas às outras. Se a cobiça e o proveito são repugnantes por si, é outra questão. Não vou resolvê-la aqui. Como eu mesmo estava totalmente dominado pelo desejo de ganhar, toda essa ganância e toda a sordidez gananciosa eram-me, se quiserem, mais próximas e convenientes às portas da sala. Não há coisa melhor do que, sem nos envergonhar uns perante os outros, agirmos aberta e francamente. E para que nos enganaríamos a nós mesmos? Que passatempo mais oco e desprovido de praticidade! À primeira vista, eram particularmente feios o respeito, que toda aquela escória de cassinos vinha manifestando ao jogo, e a seriedade beirando a reverência com que ela cercava as mesas. Eis a razão pela qual o jogo chamado de *mauvais genre*[2] não se confunde, de jeito algum, com o que é permitido a um homem de bem. Existem dois jogos, um destinado aos gentis-homens, e o outro à gananciosa plebe e toda espécie de gentalha. Um jogo é estritamente segregado aqui do outro, e como essa segregação é, no fundo, abjeta! Um gentil-homem pode apostar, por exemplo, cinco ou dez luíses,[3] às vezes mais que isso; aliás, sendo muito rico, pode apostar até mil francos — apenas para o próprio jogo tido como divertimento, apenas para ver o processo de ganho ou perda, mas sem se interessar pelo seu ganho. Ganhando,

---

[1] Rothschild, James (1792–1868): famoso banqueiro inglês.
[2] Mau gosto.
[3] Antiga moeda francesa de ouro.

ele pode, por exemplo, dar uma risada, dirigir uma réplica a quem estiver ao lado dele, até apostar outra vez e dobrar sua aposta, mas unicamente por curiosidade, a fim de observar as chances e calcular, isento daquela plebeia aspiração de ganhar. Numa palavra, cumpre-lhe não divisar, nessas mesas de jogo, roletas e *trente et quarante*,[4] outra coisa senão uma diversão concebida tão só para o seu prazer. Nem sequer deve imaginar as cobiças e armadilhas em que se baseia a banca. Não seria nada, mas nada mal se lhe parecesse, por exemplo, que todos os demais jogadores, toda aquela escória tremendo em cima de cada florim, são ricaços e gentis-homens iguais a ele, que jogam somente por diversão e prazer. Esse completo desconhecimento da realidade e essa ingênua visão das pessoas seriam, por certo, muitíssimo aristocráticos. Vi várias mãezinhas empurrarem para a frente suas filhas, airosas e inocentes donzelas de quinze ou dezesseis anos, e, dando-lhes algumas moedas de ouro, ensinarem o jogo. A mocinha ganhava ou perdia, sorria sem falta, e retirava-se toda contente. Nosso general se aproximou da mesa cheio de altivez; um lacaio ia trazer-lhe, às pressas, uma cadeira, mas ele não reparou no lacaio; bem devagar tirou do bolso seu porta-níqueis, bem devagar tirou do porta-níqueis trezentos francos em ouro, apostou-os na cor preta e acabou ganhando. Não tomou o dinheiro, deixando-o na mesa. Deu novamente a preta; ele nem tocou no dinheiro e, quando no terceiro lance deu a vermelha, perdeu mil e duzentos francos de uma vez. Aguentou firme e foi embora sorridente. Estou seguro de que ele tinha peso

[4] Trinta e quarenta.

na alma e não deixaria de expressar emoção, se sua aposta tivesse sido duas ou três vezes maior. De resto, um francês ganhou e depois perdeu, em minha presença, uns trinta mil francos com alegria e sem um pingo de aflição. Não cabe ao verdadeiro gentil-homem ficar aflito, nem que perca todos os seus bens. Sua condição de gentil-homem deve sobrepujar o dinheiro a ponto de ele quase não o levar em conta. Sem dúvida, é muito aristocrático não prestarmos a mínima atenção a toda a sordidez daquela escória e daquele ambiente. Porém, não é menos aristocrático o procedimento inverso, o de enxergar, quer dizer, ver e até mesmo examinar — por exemplo, com um lornhão[5] — toda aquela gentalha, mas só de maneira a tomarmos aquela multidão, com toda a sordidez dela, por uma espécie de diversão, um espetáculo feito para distrair os gentis-homens. Podemos ficar, nós mesmos, no meio da multidão, todavia, olhando em redor com a total convicção de que somos apenas observadores e não pertencemos, de modo algum, a ela. Não deveríamos, aliás, observá-la com muita atenção: esse tampouco seria o comportamento de gentis-homens, pois tal espetáculo não merece, em todo caso, nossa observação longa e demasiadamente atenta. Poucos são, em geral, os espetáculos dignos de serem observados com excessiva atenção por um gentil-homem. No entanto, eu mesmo achava que tudo isso merecia uma observação bem atenta, sobretudo por parte daquelas pessoas que não vinham com o único fim de observar, mas identificavam-se, honesta

---

[5] Par de lentes munido de um cabo longo e usado, no século XIX, como óculos.

e sinceramente, com a escória em questão. Quanto às minhas mais íntimas convicções morais, decerto elas não têm espaço neste meu raciocínio. Que seja assim mesmo; digo-o para tirar o peso da consciência. Mas vou notar o seguinte: nesses últimos tempos, tenho sentido um asco horrível em afazer os meus atos e pensamentos a qualquer dimensão moral. Seria outra a força que me guiava então os passos...

O jogo da escória é, de fato, muito sujo. Inclusive, não me é estranha a ideia de que a mais banal roubalheira venha acontecendo aqui na mesa. Os *croupiers,*[6] que ficam às pontas da mesa, de olho nas apostas, e efetuam pagamentos, estão sobrecarregados de trabalho. É outro tipo de escória; são os franceses que constituem a maior parte dela! De resto, não estou espiando e anotando para descrever a roleta; estou em busca de artimanhas para saber como me comportar no futuro. Percebo, por exemplo, que é a coisa mais natural uma mão se estender, de súbito, em cima da mesa e pegar o que você acabou de ganhar. Aí começa a discussão, frequentemente a gritaria, e tenha a bondade de comprovar, apresentando testemunhas, que a aposta é sua!

A princípio, aquilo tudo era grego para mim; eu só adivinhava e discernia, com muita dificuldade, os números, o par e o ímpar, as cores em que se apostava. De todo o dinheiro de Polina Alexândrovna, tentei arriscar, nessa noite, cem florins. A ideia de que me empenhava em jogar por outrem causava-me desconcerto. A sensação era extremamente desagradável, tanto assim que queria livrar-me dela o mais rápido possível. Parecia-me que,

---

[6] Funcionários do cassino.

jogando para Polina, estava comprometendo a minha própria sorte. Será que a gente nem pode triscar numa mesa de jogo sem que se contamine logo com superstições? Comecei por tirar cinco fredericos,[7] isto é, cinquenta florins, e apostá-los no par. A roda ficou girando, e deu o número treze: eu perdi. Com uma sensação mórbida, unicamente para dar cabo do jogo, de algum jeito, e ir embora, apostei mais cinco fredericos na cor vermelha. Deu a vermelha. Apostei os dez fredericos de uma vez, e deu novamente a cor vermelha. Tornei a apostar tudo, e a vermelha tornou a dar. Recebendo quarenta fredericos, apostei vinte nos doze números do meio, sem saber qual seria o resultado. Pagaram-me o triplo. Dessa maneira, num átimo transformei meus dez fredericos em oitenta. Senti-me dominado por uma sensação estranha e extraordinária, tão insuportável que decidi retirar-me. Pensava que, se estivesse jogando para mim mesmo, jogaria de outro modo. Apostei, no entanto, todos esses oitenta fredericos, outra vez no par. Deu o número quatro. Desembolsaram-me mais oitenta fredericos, e, apanhando todo o montão de cento e sessenta fredericos, fui procurar Polina Alexândrovna.

Como todos ainda passeavam no parque, vê-la-ia apenas na hora do jantar. Dessa feita, o francês estava ausente, e o general se deu largas: julgou necessário, entre outras coisas, admoestar-me de novo, dizendo que não gostaria de ver-me à mesa de jogo. Ele acha que ficará muito comprometido, se, de alguma forma, eu perder muito dinheiro. "Mas mesmo se você ganhasse muito dinheiro, eu ficaria comprometido", acrescentou com

[7] Antiga moeda de ouro da Prússia.

um ar significativo. "É claro que não tenho o direito de dirigir suas ações, mas concorde você mesmo..." E nisso, conforme seu hábito, não terminou a frase. Respondi-lhe secamente que tinha pouquíssimo dinheiro e que, por consequência, não poderia ter prejuízo considerável, ainda que entrasse em jogo. Subindo ao meu quarto, entreguei a Polina seu ganho e declarei que não voltaria a jogar por ela.

— Mas por quê? — perguntou ela, aflita.

— Porque quero jogar por mim mesmo — respondi, olhando para ela com certo espanto —, e isso me atrapalha.

— Você continua, pois, absolutamente convicto de que a roleta é sua única saída e salvação? — questionou ela num tom de mofa. Respondi, bem sério, que sim; quanto à minha certeza de acabar, um dia, ganhando, por mais ridícula que esta fosse, queria que "me deixassem em paz".

Polina Alexândrovna insistia em repartir comigo o lucro do dia e oferecia-me oitenta fredericos, contanto que continuasse a jogar nessas condições. Rejeitei, resoluta e definitivamente, a metade do ganho e disse que não era por falta de vontade que não podia jogar para os outros, mas, sim, porque certamente perderia.

— Contudo eu mesma, por mais estúpido que isso seja, também conto, quase unicamente, com a roleta — prosseguiu ela, pensativa. — Portanto você deve continuar jogando e repartindo os ganhos comigo, metade a metade. E vai continuar, sem dúvida. — Então ela foi embora, sem dar ouvidos às minhas objeções posteriores.

Entretanto, ela passou todo o dia de ontem sem me dirigir uma só palavra a respeito do jogo. Absteve-se, em geral, de falar comigo durante o dia todo. Sua maneira de tratar-me não tinha mudado. A mesma displicência total dos cumprimentos, a cada encontro, até um bocado de desdém e de ódio. Ela nem sequer faz questão de esconder sua aversão a mim: vejo bem isso. Ainda assim, tampouco esconde que está precisando de mim para alguma finalidade, e que me está resguardando por esse motivo. As relações que se têm estabelecido entre nós são algo estranhas, e, levando em conta aquele tratamento altivo e arrogante que ela dispensa a todo o mundo, eu não consigo, na maioria das vezes, compreendê-las. Polina sabe, por exemplo, que estou loucamente apaixonado por ela, deixando-me, inclusive, falar sobre a minha paixão, e não haveria, na certa, modo mais eloquente de expressar o seu menosprezo que essa autorização para falar-lhe de meu amor sem tabus nem censuras. "Teus sentimentos são todos tão nulos que tanto faz, para mim, o que falas ou sentes." Desde sempre, ela conversava muito comigo sobre os seus próprios negócios, mas nunca chegou a ser plenamente franca. Ainda por cima, seu desprezo em relação a mim tinha requintes como este: ela sabe, por exemplo, que estou a par de alguma circunstância da sua vida ou de outra coisa que a aflige profundamente; ela mesma me contará a sua situação, se quiser usar-me, de certa forma como escravo ou moço de recados, para seus fins, mas contará justo aquilo que cumpre saber a um moço de recados. E se toda a cadeia de ocorrências ainda não for de meu conhecimento, se ela própria me vir desgostoso e preocupado com os seus desgostos e preocupações, nunca se dignará a acalmar-me deveras com sua amigável sinceridade, conquanto, encarregando-me várias vezes de negócios não só complicados, mas até perigosos, ela deva, em minha opinião, ser sincera comigo. Será que vale a pena dar atenção aos meus sentimentos, ao fato de que eu também fico angustiado — quiçá, triplamente mais angustiado e triste com suas angústias e desventuras do que ela mesma?

Eu sabia, com umas três semanas de antecedência, do seu intuito de jogar na roleta. Polina até avisara que eu deveria jogar por ela, senão a sua reputação ficaria manchada. Pelo tom dessas palavras, deduzi logo que não se tratava apenas de seu desejo de ganhar dinheiro, mas, sim, de uma preocupação grave. O que seria, para ela, o dinheiro em si? Há um objetivo aí, há circunstâncias que posso adivinhar, mas que não conheço até agora. Aquela humilhação servil que ela me impõe poderia, bem entendido, dar-me (e dá com frequência) a oportunidade de interrogá-la direta e brutalmente. Visto que sou escravo e pífio demais aos seus olhos, a minha grosseira curiosidade não iria magoá-la. Mas o problema é que, deixando-me perguntar, ela não responde às minhas perguntas. Às vezes, sequer as repara. Eis como vivemos!

Ontem falou-se muito no telegrama que fora mandado, quatro dias antes, para Petersburgo, mas ainda não respondido. O general anda visivelmente aflito e pensativo. Trata-se, com certeza, da avó. O francês também anda aflito. Por exemplo, ontem à tarde eles tiveram uma conversa longa e séria. O tom do francês conosco é singularmente altivo e debochado. É como naquele provérbio: da-lhe a mão e pega o braço todo. Até a Polina ele se dirige com desapreço; aliás, participa com todo o prazer de nossas visitas ao cassino, bem como das voltas e cavalgadas no campo. Faz tempo que estou ciente de certas circunstâncias ligando o francês ao general: os dois planejavam construir uma fábrica, na Rússia; não sei se o projeto foi por água abaixo ou continua sendo discutido por eles. Além disso, fiquei por acaso sabendo uma parte do segredo familiar: o francês efetivamente socorrera o general no ano passado, dando-lhe trinta mil para compensar o rombo orçamentário, quando de sua reforma. Sem sombra de dúvida, o general está em suas mãos, mas agora, exatamente agora, o papel crucial nessa história toda pertence a Mademoiselle Blanche, e tenho plena certeza de que, nesse ponto também, não estou errado.

Quem é Mademoiselle Blanche? Fala-se por aqui que é uma francesa nobre, que viaja em companhia de sua mãe e dispõe de uma fortuna colossal. Sabe-se igualmente que tem parentesco com o nosso francês, aliás, muito remoto: é sua *cousine*[1] ou prima de segundo grau. Dizem que, antes de minha viagem a Paris, o francês e Mademoiselle Blanche se comportavam entre si de uma maneira bem mais cerimoniosa, como se seu relacionamento fosse mais fino e delicado; pois hoje seus laços de parentesco e amizade se revelam mais íntimos e patentes. Talvez achem os nossos negócios tão ruins que não julgam mais necessário tratar-nos de modo cortês e dissimulado. Percebi, anteontem ainda, como Mister

[1] Prima.

Astley examinava Mademoiselle Blanche e a mãe dela. Tive a impressão de que ele as conhecia. Cheguei até a supor que o nosso francês também já teria encontrado Mister Astley. De resto, Mister Astley é tão tímido, recatado e taciturno que quase se pode confiar nele: esse não vai lavar roupa suja fora de casa. Pelo menos, o francês o cumprimenta com frieza, quase sem olhar para ele; quer dizer, não o teme. Dá para entender isso, mas por que Mademoiselle Blanche também quase não olha para o inglês? Ainda mais que o marquês soltou ontem a língua: de súbito, disse, numa conversa geral, não me lembro com que propósito, que Mister Astley era extremamente rico, e que ele sabia disso; eis a razão de Mademoiselle Blanche ficar de olho em Mister Astley! Em suma, o general anda preocupado. Entende-se o que agora pode significar para ele o telegrama comunicando a morte da tia!

Embora persuadido de que Polina tirasse algum proveito em evitar conversas comigo, eu mesmo tomei um ar frio e indiferente: pensava que logo, logo, ela viria abordar-me. Em compensação, ontem e hoje tenho focado toda a minha atenção, principalmente, em Mademoiselle Blanche. Coitado do general, ele está completamente perdido! Enamorar-se aos cinquenta e cinco anos, com tanta paixão é, certamente, uma desgraça. Acrescentemos sua viuvez, seus filhos, seu patrimônio em plena ruína, suas dívidas e, afinal, a mulher pela qual ele se apaixonou. Mademoiselle Blanche é bonita. Mas eu não sei se serei entendido, dizendo que ela tem um daqueles semblantes que podem amedrontar. Eu, pelo menos, sempre tive medo de tais mulheres. Ela deve ter uns vinte e cinco anos. É alta e robusta, de ombros roliços; o colo e o peito são esplêndidos; sua pele é morena, com certo matiz amarelo; os cabelos são negros como nanquim e extremamente fartos — dariam para fazer dois penteados. Os olhos de Mademoiselle Blanche são negros, os brancos dos olhos são amarelados, o olhar, insolente, os dentes, alvíssimos, os lábios sempre vermelhos de batom; ela toda cheira a almíscar. Seus trajes são elegantes, ricos, garbosos, mas escolhidos com muito gosto. As pernas e os braços dela são espantosos. A voz é um rouquenho contralto. De vez em quando ela dá gargalhadas, mostrando todos os dentes, mas de ordinário está calada e arrogante, pelo menos com Polina e Maria Filíppovna. (Eis um boato estranho: Maria Filíppovna parte para a Rússia.) Ao que parece, Mademoiselle Blanche não tem instrução nenhuma; pode até ser que não tenha nenhuma inteligência, mas, em compensação, é desconfiada e astuta. Acho que sua vida teve um bocado de aventuras. Pondo tudo em pratos limpos, nem o marquês seria seu parente, nem a mãe seria a mãe dela. Sabe-se, todavia, que em Berlim, onde nós todos nos encontramos, ela e a mãe tinham uns conhecidos decentes. No tocante ao próprio marquês, duvido até hoje que ele seja marquês, embora sua pertinência à alta sociedade não pareça provocar dúvidas, por exemplo, em nossa Moscou, bem como em alguns pontos da Alemanha. Ignoro quem ele é na França. Dizem que tem um *château*. Eu pensava que muitas águas tivessem rolado nessas duas semanas, porém ainda não tinha a certeza de o general e Mademoiselle Blanche terem tido alguma conversa decisiva. De modo geral, tudo depende agora de nossa fortuna, ou seja, de quanto dinheiro o general pode apresentar-lhes. Se, por exemplo, tivesse vindo a notícia de que a avó não morrera, Mademoiselle Blanche (estou certo disso) teria logo sumido. É surpreendente e ridículo para mim mesmo: como tenho sido fofoqueiro. Oh, como aquilo tudo me enjoa! Quanto prazer teria em largar a todos e a tudo! Mas poderia mesmo abandonar Polina, deixar de bisbilhotar à volta dela? A bisbilhotice é, sem dúvida, baixa, mas o que tenho a ver com isso?

Ontem e hoje fiquei igualmente curioso com Mister Astley. Estou convencido, sim, de que ele anda apaixonado por Polina! É curioso e engraçado o quanto pode expressar, às vezes, o olhar de uma pessoa tímida e morbidamente casta, mas afetada de amor, e no exato momento em que essa pessoa decerto preferiria ir para o inferno a exprimir algo por meio de palavras ou olhadelas. Mister Astley nos encontra, volta e meia, durante os nossos passeios. Ele tira o chapéu e segue seu rumo, morrendo, naturalmente, de vontade de passear conosco, mas, se convidado, recusa logo o convite. Nos locais de recreio, no cassino, no concerto ou defronte do chafariz, ele para, sem falta, ao lado de nosso banco, e, estejamos onde estivermos — no parque, no bosque ou no Schlangenberg —, basta correr os olhos pelas redondezas para avistar algures, na próxima senda ou atrás de uma moita, um pedacinho de Mister Astley. Parece-me que ele procura a oportunidade de conversar comigo em particular. Encontramo-nos, esta manhã, e trocamos duas palavras. Vez por outra, as falas dele estão demasiadamente fragmentárias. Antes ainda de dizer "bom-dia", ele começou declarando:

— Ah, Mademoiselle Blanche!... Vi muitas mulheres iguais a Mademoiselle Blanche!

Calou-se, olhando para mim de um jeito significativo. Não sei o que queria dizer com isso, pois em resposta à minha réplica — Como assim? — inclinou, com um sorriso finório, a cabeça e prosseguiu:

— É assim mesmo. Mademoiselle Pauline gosta muito de flores?

— Não sei, realmente não sei — respondi.

— Como, nem isso você sabe! — exclamou ele, todo pasmado.

— Sei não, nunca reparei nisso — repeti com uma risada.

— Hum, isso me dá uma ideia especial. — Ele inclinou outra vez a cabeça e foi embora. De resto, tinha um ar contente. Estava falando um francês estropiadíssimo.

Capítulo 4

O dia de hoje foi ridículo, feio, disparatado. Agora são onze horas da noite. Estou no meu cubículo, relembrando. Comecei, de manhã, por me ver obrigado a ir jogar na roleta para Polina Alexândrovna. Levei todos os cento e sessenta fredericos dela, porém, com duas condições: a primeira é que não me apetecia jogar pela metade, quer dizer, se ganhasse, não tomaria nada para mim; a segunda é que à noite Polina me explicaria para que fins ela precisava tanto ganhar e com que valor estava contando. De modo algum posso imaginar que seja só por dinheiro. Pelo visto, ela está precisando desse dinheiro — e, quanto mais cedo, melhor — para uma finalidade especial. Ela prometeu explicar, e eu fui ao cassino. Havia uma multidão horrível nas salas de jogo.

Como eles são insolentes e como são todos gananciosos! Cheguei, aos empurrões, até o centro da mesa e fiquei ao lado do próprio *croupier*; a seguir, comecei a ensaiar o jogo, apostando, com timidez, duas ou três moedas. Enquanto isso, observava e reparava; tive a impressão de que os cálculos em si valessem pouco, sem terem aquela importância que muitos jogadores lhes atribuíam. Com seus papeizinhos pautados, eles ficam anotando os lances, computando, avaliando as chances, calculando, fazendo, afinal, suas apostas — e perdendo do mesmíssimo jeito que nós, simples mortais que jogamos sem cálculos. Em compensação, fiz uma conclusão que parecia exata: de fato ocorre, naquela sequência de chances casuais, não digo um sistema, mas uma espécie de ordem, o que decerto é muito estranho. Acontece, por exemplo, os doze últimos números virem depois dos doze números do meio; suponhamos que por duas vezes o lance se refira àqueles doze últimos números e passe para os doze primeiros. Ao tocar nos doze primeiros, passa outra vez para os doze do meio, repete-se umas três ou quatro vezes seguidas nos do meio e passa de novo para os doze últimos números, de onde passa, após duas repetições, de volta para os primeiros, toca neles uma vez só e novamente se repete três vezes nos do meio, e o jogo continua, dessa maneira, por uma hora e meia ou duas horas. Uma, três e duas vezes, uma, três e duas vezes. Isso é muito engraçado. Certo dia ou certa manhã, acontece, por exemplo, a cor vermelha se alternar com a preta e vice-versa quase sem nenhuma ordem, a cada minuto, de modo que não haja mais de dois ou três lances consecutivos em relação à vermelha nem à preta. Outro dia ou outra noite, só dá a vermelha;

repete-se, por exemplo, vinte e duas vezes seguidas e mais que isso, prosseguindo, sem falta, por algum tempo, digamos, um dia inteiro. Quem me esclareceu vários detalhes do jogo foi Mister Astley, o qual passou toda a manhã perto das mesas de jogo, sem, todavia, ter feito uma só aposta. Quanto a mim, perdi absolutamente tudo e muito rápido. Apostei logo vinte fredericos no par e ganhei, apostei mais cinco e ganhei novamente, fazendo assim mais umas duas ou três tentativas. Acho que cerca de quatrocentos fredericos caíram em minhas mãos, quando muito em cinco minutos. Nisso deveria acabar o jogo, mas uma sensação estranha surgira dentro de mim, um desafio à sorte, vontade de dar-lhe um piparote, de mostrar-lhe a língua. Fiz a maior aposta possível, a de quatro mil florins, e perdi. Em seguida, tomado de sanha, tirei tudo o que me sobrara, fiz a mesma aposta e tornei a perder, afastando-me depois disso da mesa, como que aturdido. Sequer entendia o que se dera comigo, e contei a Polina Alexândrovna sobre a minha ruína apenas na hora do almoço. Até lá tinha vagueado no parque.

Durante o almoço estava excitado da mesma forma que três dias antes. O francês e Mademoiselle Blanche tinham vindo, outra vez, almoçar conosco. É que Mademoiselle Blanche estivera, pela manhã, nas salas de jogo e vira minhas proezas. Dessa vez, ela passou a tratar-me com certa atenção. O francês se mostrou mais franco e perguntou-me, sem rodeios, se eu teria perdido o meu próprio dinheiro. Parece-me que ele está suspeitando de Polina. Numa palavra, há coisa nisso. Fui logo mentindo e disse que sim, o dinheiro era meu.

O general ficou extremamente surpreso: onde eu tinha conseguido tal dinheirão? Expliquei-lhe que começara com dez fredericos, que seis ou sete lances seguidos, todos em dobro, tinham resultado em cinco ou seis mil florins, e que depois eu perdera tudo com dois lances infelizes.

Tudo isso era, sem dúvida, verossímil. Explicando-o, olhei para Polina, mas pela expressão de seu rosto não entendi nada. No entanto, ela me deixara mentir e não me corrigira; deduzi disso que me cumpria mesmo mentir e esconder que estava jogando por ela. Em todo caso, pensava com os meus botões, ela me devia uma explicação e prometera, há pouco, revelar algo.

Eu pensava que o general me faria alguma reprimenda, mas ele permaneceu calado; em compensação, percebi comoção e alarme em seu rosto. Talvez lhe fosse difícil ouvir, com suas circunstâncias ameaçadoras, que um monte de ouro tão respeitável fora assim ganho e gasto, num quarto de hora, por tal bobalhão perdulário como eu.

Suspeito que ontem à noite ele e o francês tenham tido uma controvérsia acalorada. Eles se trancaram e debateram longa e energicamente. Na saída, o francês parecia irritado com alguma coisa, e hoje, de manhãzinha, fez nova visita ao general, decerto para continuar a conversa de ontem.

Ouvindo o relato de minha perda, o francês declarou, com sarcasmo beirando a malvadez, que eu deveria ser mais sensato. Acrescentou, não sei por que razão, que, na opinião dele, os russos não davam conta nem de jogar, embora jogassem em massa.

— E, em minha opinião, a roleta foi feita apenas para os russos — disse eu, e, quando o francês reagiu à minha resposta com um sorriso desdenhoso, fi-lo notar que, sem dúvida, a verdade estava ao meu lado, porque, falando sobre os russos em sua qualidade de jogadores, antes os censurava do que elogiava, e que se podia, portanto, confiar em mim.

— Como você fundamenta, pois, a sua opinião? — perguntou o francês.

— É que a capacidade de adquirir cabedais integra, historicamente e quase como o seu ponto máximo, o catecismo de virtudes e dignidades do homem ocidental civilizado. E um russo não apenas é incapaz de adquirir cabedais, mas até mesmo os desbarata de forma caótica e baldia. Contudo nós, os russos, também precisamos de dinheiro — acrescentei —, por conseguinte, somos muito amigos de tais métodos, como, por exemplo, as roletas, que dão o ensejo de enriquecermos de chofre, em duas horas, sem trabalhar. Isso nos atrai muito, mas, como jogamos também à toa, sem esforços, acabamos perdendo!

— Em parte, é justo — cheio de si, replicou o francês.

— Não, isso não é justo, e você deve ter vergonha de tratar assim sua pátria — redarguiu, severa e gravemente, o general.

— Ora — respondi-lhe —, mas não se sabe, na certa, o que é mais asqueroso: o caos russo ou o método alemão de aquisição honesta.

— Que ideia horrível! — exclamou o general.

— Que ideia russa! — exclamou o francês.

Eu ria, movido pela vontade de provocá-los.

— Eu mesmo prefiro passar toda a vida na tenda dos nômades quirguizes — disse alto e bom som — a cultuar o ídolo alemão.

— Que ídolo? — gritou o general, que começava a zangar-se para valer.

— O método alemão de aquisição de riquezas. Faz pouco tempo que estou aqui; no entanto, o que já vi e conferi vem revoltando a minha natureza tártara. Juro por Deus que não quero essas virtudes! Ontem já dei uma volta nos arredores, por umas dez *verstas*.[1] É tudo a mesma coisa como naqueles livretos didáticos alemães com desenhos: há por aqui um *Vater*[2] em toda casa, extremamente virtuoso e extraordinariamente honesto. Mas tão honesto que dá medo a gente chegar perto dele. Não suporto essas pessoas honestas que amedrontam. Cada um desses *Vaters* tem sua família, e todos eles leem, de noite, os livros moralizadores em voz alta. Os ulmeiros e castanheiras agitam seus galhos em cima da casinhola. O sol se põe, uma cegonha pousa no telhado, e tudo está por demais poético e tocante... não fique zangado, general, deixe-me contar algo mais tocante ainda. Lembro como, sentado de noite no jardinzinho, sob as tílias, meu finado pai lia, em voz alta, semelhantes livretos para mim e para minha mãe... então posso, eu mesmo, julgar isso como se deve. Pois bem, toda e qualquer família daqui obedece escravamente ao *Vater*. Todos trabalham como os bois, e todos juntam dinheiro como os judeus. Suponhamos que o *Vater* já tenha acumulado uns tantos florins e pretenda passar seu ofício ou lotezinho para o filho mais velho. Por isso é que não dão enxoval à filha, e ela vive donzela; também por isso mandam o filho mais novo trabalhar para os outros ou servir no exército, agregando o dinheiro ao cabedal da casa. É verdade que fazem assim por aqui,

[1] Antiga medida de comprimento russa, equivalente a 1.067 metros.
[2] Pai de família (em alemão).

estou informado. E tudo isso se faz tão somente por honestidade, tanta honestidade acentuada que até o filho mais novo, o escravizado, acredita que foi vendido tão só por honestidade, e, quando a própria vítima se alegra de ser levada ao martírio, isso é um ideal. Mas, e depois? Depois o filho mais velho tampouco tem vida fácil; há uma tal Amalchen[3] que ele ama de coração, porém não pode casar-se com ela, pois faltam ainda uns tantos florins. Eles também esperam, singelos e bem educados, e vão, sorridentes, para o martírio. Amalchen está murchando, já tem as faces cavadas. Enfim, passados uns vinte anos, o bem-estar aumentou; aqueles florins foram honesta e virtuosamente amealhados. O *Vater* dá bênção ao filho mais velho, já quarentão, e a Amalchen, agora com trinta e cinco anos, de peito seco e nariz vermelho... Nesse ínterim chora, prega moral e morre. O filho mais velho se transforma, ele próprio, num *Vater* virtuoso, e recomeça a mesma história. Ao cabo de uns cinquenta ou setenta anos, o neto do primeiro *Vater* junta realmente uma fortuna considerável e passa-a para seu filho, este para o filho dele e assim por diante, e, umas cinco ou seis gerações depois, aparece o Barão Rothschild em pessoa ou Hoppe & Cia., ou o diabo sabe quem mais. Eis um espetáculo majestoso: cem ou duzentos anos de trabalho hereditário, paciência, inteligência, honestidade, força de caráter, perseverança, praticidade, cegonha no telhado! O que mais querem, se não há nada mais sublime, e, desse ponto de vista, eles se põem a julgar todo o mundo e a executar de imediato os culpados, ou seja, aqueles que não se pareçam um pouquinho com eles. O negócio

[3] Forma carinhosa do nome Amália (em alemão).

é, pois, o seguinte: antes eu vou debochar à russa ou ganhar meus cabedais na roleta. Não quero ser Hoppe & Cia. daqui a cinco gerações. Preciso de dinheiro para mim mesmo e não me acho um apêndice necessário dos cabedais. Sei que disse montões de tolices, mas que seja assim mesmo. As minhas convicções são essas.

— Não sei se há muita verdade no que você disse — proferiu o general, pensativo —, mas não duvido que você se torna insuportável, tão logo lhe permitam um pingo de ousadia...

Segundo o seu hábito, não terminou a frase. Se nosso general começava a falar sobre algo um pouco mais significativo do que os assuntos do dia a dia, jamais finalizava a conversa. O francês escutava desdenhoso, arregalando de leve os olhos. Ele não entendera quase nada de minhas falas. Polina olhava para mim com uma altiva indiferença. Parecia não ter ouvido nenhuma das minhas nem das demais palavras ditas daquela feita, à mesa.

Capítulo 5

Polina estava toda imersa em pensamentos, mas, assim que o almoço terminou, deu-me a ordem de acompanhá-la durante o passeio. Chamamos as crianças e fomos ver o chafariz no parque.

Foi por causa do meu estado de grande excitação que lhe fiz esta pergunta estúpida e grosseira: por que o nosso Marquês Des Grieux, o francesinho, além de não a acompanhar agora, fosse ela aonde fosse, nem mesmo conversava com ela por dias inteiros?

— Porque é um cafajeste — a resposta dela foi estranha. Nunca a ouvira falar em Des Grieux desse modo e calei-me por medo de compreender a sua irritabilidade.

— E você notou que hoje ele estava de mal com o general?

— Você quer saber de que se trata — replicou ela, seca e irritadiça. — Mas sabe que o general lhe deve todas as suas posses, e que, se a avó não morrer, o francês vai apoderar-se, na hora, de tudo quanto estiver penhorado.

— Ah, então é verdade que tudo está penhorado? Ouvi falar nisso, mas não sabia que era tudo.

— E o que mais poderia ser?

— Para completar, adeus a Mademoiselle Blanche — disse eu. — Não se tornará generala! Sabe, parece-me que o general anda tão apaixonado que se daria um tiro na testa caso Mademoiselle Blanche o abandonasse. Na idade dele uma paixão dessas é perigosa.

— Parece a mim também que algo vai acontecer com ele — respondeu Polina Alexândrovna, pensativa.

— E como isso é formidável! — exclamei. — Não há jeito mais rude de mostrar que ela aceitou o pedido de casamento só por dinheiro. Lá nem as convenções foram respeitadas, tudo se fez sem a menor cerimônia. Que maravilha! Quanto à avó, o que há de mais cômico e mais sujo do que mandar um telegrama depois do outro e perguntar: já morreu, já morreu? Como acha isso, Polina Alexândrovna, hein?

— Isso tudo é bobagem — disse ela com asco, interrompendo-me. — Pelo contrário, fico surpresa com esse seu alegre estado de espírito. De que se está alegrando? Será que de ter perdido meu dinheiro?

— Por que me deixou perdê-lo? Tinha-lhe dito que não podia jogar pelos outros, muito menos por você. Ordene-me o que ordenar, obedecerei, mas o resultado não depende de mim. Eu bem avisei que não ia dar certo. Está muito aflita, diga, de ter perdido tanto dinheiro? Por que é que você quer tanto?

— E por que todas essas perguntas?

— Foi você mesma quem me prometeu explicações... Escute: tenho plena certeza de que, quando começar a jogar por mim (tenho doze fredericos), ganharei. Então lhe darei o dinheiro de que você precisar.

Ela fez um esgar desdenhoso.

— Não se zangue comigo por esta proposta — prossegui. — Estou tão consciente de ser nulo perante você, quer dizer, aos seus olhos, que você poderia mesmo aceitar meu dinheiro. Um presente meu não pode ofendê-la. E depois, foi seu dinheiro que perdi.

Ela me lançou um olhar e, percebendo que eu falava irritado e sarcástico, voltou a interromper a conversa:

— As minhas circunstâncias não têm nada que lhe seja interessante. Se quer saber, apenas tenho uma dívida. Tomei dinheiro emprestado e gostaria de devolvê-lo. Tinha essa ideia estranha e doida de que sem falta ganharia ali, na mesa de jogo. Não entendia por que tinha essa ideia, mas acreditava nela. Acreditava, quem sabe, porque não me restava nenhuma outra chance para escolher.

— Ou então porque *precisava* demais ganhar. É tal e qual aquela pessoa que se agarra a uma palha para não se afogar. Concorde comigo que, se não estivesse indo a pique, não tomaria a palha por um galho de árvore.

Polina ficou perplexa.

— Mas como é — perguntou ela — que você próprio conta com a mesma coisa? Há duas semanas, falou-me por muito tempo sobre a sua total certeza de que ia ganhar, ali na roleta, pedindo para não o considerar louco; ou estava apenas brincando? Mas eu me lembro: você falava com tanta seriedade que de maneira alguma se poderia tomar isso por uma brincadeira.

— É verdade — respondi, pensativo —, até agora tenho total certeza de que vou ganhar. Até lhe confesso que você acaba de sugerir-me essa questão: por que minha perda de hoje, inútil e feia, não me deixou nem sombra de dúvidas? Estou plenamente convencido de que, tão logo começar a jogar para mim mesmo, ganharei sem falta.

— O que lhe dá essa convicção toda?

— Se quiser, não sei. Só sei que *preciso* ganhar, que esta é a minha única saída. Por isso mesmo, talvez, é que me parece que devo ganhar infalivelmente.

— Pois então, você também *precisa* demais, com sua convicção fanática?

— Você duvida, aposto, que eu seja capaz de sentir uma necessidade séria.

— Não me importa — respondeu Polina em voz baixa e indiferente. — Se quiser, *sim*, duvido que algo possa magoá-lo seriamente. Pode estar atribulado, mas sem seriedade. Você é uma pessoa desregrada e ainda em formação. Para que precisa de dinheiro? Não achei nada sério em todas as razões que me apresentou da última vez.

— A propósito — interrompi-a —, você disse que precisava pagar uma dívida. Está, pois, devendo! Ao francês, por acaso?

— Mas que perguntas! Hoje está bruto demais. Tem bebido?

— Você sabe que me permito dizer tudo e que faço, às vezes, perguntas muito sinceras. Repito-lhe: sou seu escravo, e não se envergonham com os escravos; um escravo não pode ofender.

— Tudo isso é bobagem! E não suporto essa sua teoria "escrava".

— Note que não falo sobre a minha escravidão porque gostaria de ser seu escravo; é um fato que não depende de mim, e falo nele assim mesmo.

— Diga-me francamente, por que precisa de dinheiro?

— E por que quer saber isso?

— Como quiser — respondeu ela, e fez um altivo gesto com a cabeça.

— Não suporta a teoria escrava, mas exige a escravidão: "Responder sem raciocinar". Pois bem, que assim seja. Pergunta por que quero o dinheiro? Como assim, por quê? O dinheiro é tudo!

— Compreendo, mas enlouquecer desse jeito por causa dele? Você também chega ao frenesi, ao fatalismo. Há coisa nisso, algum objetivo especial. Fale sem rodeios, eu faço questão.

Parecia que estava para se zangar, e eu gostava sobremaneira desse interrogatório cordial.

— É claro que há um objetivo — disse-lhe —, mas eu não saberei explicá-lo. É que, tendo dinheiro, não serei mais escravo, mas tornar-me-ei outra pessoa, inclusive para você, e ponto final.

— Como? Como conseguirá isso?

— Como conseguirei? Não entende nem mesmo como a faria enxergar em mim outra pessoa, senão um escravo seu? É justamente isso que não quero, tais espantos e pasmos.

— Você dizia que se deleitava com a escravidão. Eu mesma pensava assim.

— Pensava assim! — exclamei com um estranho prazer. — Ah, como ela é boazinha, sua ingenuidade! Mas sim, sim, essa escravidão é um deleite para mim. Há, sim, há deleite no último grau de humilhação e nulidade! — continuei delirando. — Sabe lá o diabo, talvez haja deleite até no chicote, quando ele recai nas costas e dilacera a carne... porém eu quero, talvez, experimentar outros prazeres. Ontem à mesa o general me fez um sermão, na sua presença, por causa daqueles setecentos rublos anuais que nem ia, quiçá, pagar-me. O Marquês Des Grieux me examina de sobrancelhas em alto e, ao mesmo tempo, nem sequer repara em mim. E eu, por minha parte, talvez esteja cheio de vontade de pegar o Marquês Des Grieux, na sua presença, pelo nariz...

— Falas de fedelho. Em qualquer situação a gente pode comportar-se com dignidade. Se for uma luta, ela não vai humilhá-lo, mas, sim, elevar.

— Igual à cartilha! Suponha que eu talvez não saiba portar-me com dignidade. Quer dizer, até posso ser uma pessoa decente, mas portar-me decentemente não sei. Você entende que isso é possível? Todos os russos são assim, e sabe por quê? Porque o talento dos russos é rico e variado demais para logo tomar uma forma conveniente. É questão de forma. A maioria de nós, russos, possui dotes tão ricos que precisa de genialidade para alcançar essa forma conveniente. Pois a genialidade nos faz falta, na maioria das vezes, porque surge, em geral, raramente. Só os franceses e, sabe-se lá, mais alguns europeus têm uma forma tão bem definida que eles podem, ostentando a dignidade em excesso, ser as pessoas menos dignas. Por isso é que a forma vale tanto para eles. Um francês vai aturar um ultraje, um verdadeiro, sincero ultraje, sem franzir a testa, mas de maneira alguma suportará um piparote no nariz, porque é violação das eternas e consagradas conveniências. Por isso mesmo nossas donzelas se encantam tanto com os franceses: por terem uma boa forma. De resto, a meu ver, não há forma nenhuma ali, só um galo, *le coq gaulois.*[1] Não posso, aliás, entender daquilo, não sou mulher. Talvez os galos sejam bons. E, feitas as contas, estou tagarelando muito, e você não me faz parar. Faça-me parar mais vezes; quando estou falando com você, quero dizer tudo, tudo, tudo. Perco qualquer forma que seja. Até concordo que não tenho não apenas forma, como também nenhuma virtude. Declaro-lhe isso. Pouco me importam todas essas virtudes. Agora tudo parou em mim. Você mesma sabe por que motivo. Não tenho nenhum pensamento humano, cá na cabeça. Há tempos, não sei o que acontece no mundo, nem na Rússia nem por aqui. Passei por Dresden e não lembro como ela é, Dresden. Você mesma sabe o que me dominou. Como não tenho sombra de esperanças e sou nulo aos seus olhos, digo-lhe francamente: só vejo você por toda parte, e o restante não me importa. Não sei por que nem como a amo. Talvez não seja nada boa... nem sei, imagine, se o seu rosto é bonito ou não. Seu coração pode ser mau, sua mente pode não ser nobre; isso é bem possível.

---

[1] O galo gaulês, símbolo nacional dos franceses.

— Até pode ser que você conte comprar-me com seu dinheiro — retorquiu ela — porque não acredita em minha nobreza!

— Quando é que contava comprá-la com dinheiro? — exclamei.

— Você se atrapalhou e perdeu o seu fio. Pretende comprar meu respeito com esse dinheiro, se não a mim mesma.

— Não é exatamente assim, não. Disse-lhe que tinha dificuldades em expressar-me. Você me oprime. Não se zangue com meu falatório. Você entende por que não se pode ter raiva de mim: sou simplesmente louco. Aliás, não me importa se está zangada. É só eu lembrar e imaginar, lá em cima, no meu quartinho, o farfalhar de seu vestido, estou prestes a morder-me as mãos. Por que é que se zanga comigo? Porque me chamo de escravo? Aproveite, aproveite a minha escravidão, aproveite! Sabe que um dia a matarei? Não por deixar de amá-la nem por ciúmes, mas assim, matarei por nada, porque às vezes sinto vontade de comê-la. Está rindo...

— Nem um pouco — disse ela, enfurecida. — Ordeno-lhe que se cale.

Ela parou, quase perdendo o fôlego de fúria. Juro por Deus, não sei se estava linda nesse momento, mas gosto de vê-la ficar assim parada na minha frente, gostando, por isso, de provocar-lhe frequentemente a cólera. Talvez ela se zangasse de propósito, tendo-o percebido. Disse-lhe isso.

— Que nojo! — exclamou ela com aversão.

— Não me importa — continuei. — Fique sabendo ainda que é perigoso andarmos juntos: várias vezes tive uma vontade irreprimível de espancá-la, de mutilar, de esganar. Acha que não chegaremos a esse ponto? Você me levará à loucura. Será que terei medo do escândalo? De sua ira? O que é sua ira para mim? Amo sem esperanças e sei que a amarei mil vezes mais depois disso. Se a matar algum dia, precisarei suicidar-me também; porém não me matarei durante o maior tempo possível para sentir aquela dor insuportável de sua ausência. Sabe uma coisa incrível: amo-a cada dia *mais*, se bem que seja quase impossível. Com tudo isso, não seria eu fatalista? Lembra como, anteontem no Schlangenberg, eu respondi baixinho ao seu desafio: diga uma palavra, e pularei nesse precipício? Se tivesse dito essa palavra, teria pulado no mesmo instante. Não acredita que teria pulado?

— Que logorreia tola! — gritou ela.

— Não me importa que seja tola ou inteligente — respondi, gritando. — Sei que preciso falar, falar, falar na sua frente, e falo. Na sua frente, perco todo o meu amor-próprio, e não me faz diferença.

— Por que o faria saltar do Schlangenberg? — disse ela num tom seco e particularmente ofensivo. — Isso me é totalmente inútil.

— Perfeito! — exclamei. — Foi de propósito que você disse esse perfeito "inútil", a fim de esmagar-me. Conheço-a bem a fundo. Inútil, você diz? Mas o prazer sempre tem utilidade, e o poder — selvagem, ilimitado —, nem que seja exercido sobre uma mosca, é uma espécie de prazer. O homem é déspota por natureza e gosta de ser carrasco. Você gosta demais.

Lembro-me daquela atenção penetrante com que ela me examinava. Meu rosto devia expressar então todas as minhas sensações confusas e disparatadas. Recordo-me hoje de nossa conversa ter sido efetivamente a mesma, quase letra por letra, que descrevo aqui. Meus olhos estavam vermelhos de sangue. Na borda dos lábios formara-se uma crosta de espuma. E quanto ao Schlangenberg, juro por minha honra, mesmo nos dias atuais: se ela tivesse mandado atirar-me para baixo, ter-me-ia atirado! Dito aquilo por brincadeira, com desprezo, com uma cuspida em mim, teria pulado assim mesmo!

— Por que não? Acredito em você... — disse Polina, mas de um modo que só ela patenteava às vezes, com tanto desdém e malícia, com tanta arrogância que, juro por Deus, eu teria podido matá-la naquele momento. Ela estava correndo perigo. E a respeito disso tampouco menti para ela.

— Você não é covarde? — perguntou-me de súbito.

— Não sei, talvez seja covarde, sim. Não sei... faz tempo que não penso nisso.

— Se lhe dissesse — mate aquela pessoa —, matá-la-ia?

— A quem?

— A quem eu quiser.

— O francês?

— Não me pergunte, mas responda: a pessoa que eu indicar. Quero saber se acabou de falar sério. — Ela esperava pela resposta com tanta seriedade e impaciência que uma sensação estranha se apossou de mim.

— Você me dirá, enfim, o que está acontecendo?! — bradei. — Tem medo de mim, é isso? Eu mesmo vejo toda a desordem daqui. Você é enteada de um homem arruinado e amalucado, infectado de paixão por aquele demônio de Blanche; há também esse francês com sua influência misteriosa sobre você, e agora você me faz, com tanta seriedade, essa pergunta... quero saber, ao menos; senão vou enlouquecer e fazer alguma coisa. Ou está com vergonha de conceder-me suas confidências? Será que pode ter vergonha de mim?

— Não é nada disso que lhe digo. Fiz-lhe uma pergunta e espero pela resposta.

— Sem dúvida, matarei — gritei eu — a quem você me mandar matar, mas será que pode... será que vai mandar mesmo?

— E acha que terei dó de você? Mandarei, sim, e ficarei, eu mesma, de lado. Vai suportar isso? É claro que não, de maneira alguma! Talvez acabe matando por minha ordem e depois venha matar a mim também por ter-me atrevido a dá-la.

Quando ela disse essas palavras, tive como que uma pancada na cabeça. É certo que, naquele momento, tomava sua pergunta por uma brincadeira ou um desafio, mas, ainda assim, o tom dela era grave demais. Fiquei, dessa forma, perplexo com suas falas, que revelavam quanto direito ela se atribuía em relação a mim e quanto poder assumia, dizendo abertamente: "Vai lá morrer, e eu ficarei de lado". Havia algo tão cínico e sincero nessas palavras que, a meu ver, elas ultrapassavam os limites. Como é que ela me considerava, pois, nesse caso? Isso já passava dos confins da escravidão e da nulidade. Semelhante declaração me elevava até o nível dela. Por mais ridícula e inverossímil que fosse toda a nossa conversa, meu coração ficou palpitando.

De repente, ela deu uma gargalhada. Estávamos sentados num banco, diante das crianças que brincavam, junto do lugar onde paravam as carruagens e o público descia na alameda contígua à entrada do cassino.

— Está vendo aquela baronesa gorda? — exclamou ela. — É a Baronesa Wurmerhelm. Faz apenas três dias que ela veio para cá. Vê o marido dela, um prussiano alto, enxuto, com a bengala nas mãos? Lembra como ele nos examinava, anteontem? Vá agorinha, aproxime-se da baronesa, tire o chapéu e diga-lhe alguma coisa em francês.

— Para quê?

— Você jurou que ia pular do Schlangenberg; você jura que está pronto a matar a quem eu mandar. Em vez de todos esses assassinatos e tragédias, quero apenas rir um pouco. Vá sem desculpas. Quero ver o barão bater-lhe com a bengala.

— Está desafiando-me... pensa que não farei isso?

— Estou, sim; vá logo, que eu quero!

— Tudo bem, já vou, embora seja uma fantasia selvagem. Mas uma ressalva: que nem o general tenha aborrecimentos, nem você. Juro que não estou preocupado comigo mesmo, mas, sim, com você e com o general. E que fantasia é essa: ir ultrajar uma senhora?

— Não, pelo visto, você é tão só um fanfarrão — disse ela, desdenhosa. — Só seus olhos estavam, há pouco, vermelhos de sangue; sabe-se lá, aliás, se não é porque bebeu muito vinho durante o almoço. Será que eu mesma não entendo que é tolo e baixo, e que o general ficará zangado? Quero apenas rir. Rir, e nada mais que isso! E não é para ultrajar a mulher. Antes, para levar umas pauladas.

Virei-me e fui, taciturno, cumprir a incumbência. Por certo, isso era tolice, e por certo eu não soubera evitá-la, mas lembro como algo me deu um empurrão, quando chegava perto da baronesa, algo pueril que me animou. Ainda por cima, estava irritadíssimo, como que embriagado.

Capítulo 6

Dois dias já se passaram desde aquele dia estúpido. E quantos gritos, tumultos, rumores, barulhos! E quanta confusão, querela, bobagem e baixaria, e tudo por minha causa. Aliás, vez por outra isso chega a ser engraçado, ao menos para mim. Eu não consigo comprcender o que se deu comigo, se estou realmente em delírio ou apenas me desviei do caminho e vou malinando, até que me amarrem todo. Parece-me, às vezes, que estou para perder o juízo. Parece-me, outrossim, que não me afastei muito da infância, da meninice, e que, portanto, tenho feito tais travessuras brutas.

E tudo, tudo vem de Polina! Não haveria, talvez, travessuras, se não fossem por ela. Quem sabe se não as faço todas por desespero (por mais tolo que seja pensar desse jeito). E não entendo, não entendo o que ela tem de bom! De resto, é bonita; parece que é. Os outros também enlouquecem por ela. É alta e esbelta. Só que é muito fina. Tenho a impressão de que se possa atar todo o seu corpo, feito um nó, ou dobrá-lo ao meio. Sua pegada é comprida e estreitinha, perturbadora. Isso mesmo: perturbadora. Seus cabelos são arruivados. Os olhos, iguais aos de uma gata, mas que olhares altivos e sobranceiros que ela sabe lançar! Uns quatro meses atrás, quando eu acabava de ser contratado, vi-a, uma noite, conversar longa e animadamente com Des Grieux na sala. Polina olhava para ele de tal modo... que mais tarde, quando já ia para a cama, imaginei que ela lhe dera um bofetão: acabara de dar e estava na sua frente, fitando-o... Foi nessa noite que me apaixonei por ela.

Contudo, voltemos à narração.

Eu desci pela senda até a alameda e fiquei no meio desta, à espera da baronesa e do barão. A cinco passos de distância, tirei o chapéu e saudei-os.

Que me lembre, a baronesa trajava um vestido de seda cinza-claro, de largura descomunal, com babados, crinolina e cauda. Era baixa e extremamente obesa, com um queixo tão gordo e flácido que não dava para ver o seu pescoço. O rosto dela estava rubro; os olhos eram pequenos, maldosos e arrogantes. Ela andava como quem concedesse graça a todo o mundo. O barão era seco e alto. Seu rosto era, como de praxe entre os alemães, entortado, com mil rugas miúdas. Ele usava óculos; tinha uns quarenta e cinco anos. As pernas lhe começavam quase do peito: eis o que é um aristocrata. Estava altivo como um pavão. Um tanto desajeitado. Algo ovino na expressão facial, a substituir-lhe, de certa forma, a profundeza de pensamento.

Tudo isso me saltara aos olhos em três segundos.

A princípio, minha reverência e o chapéu na mão quase não atraíram a atenção deles. Só o barão franziu levemente o cenho. A baronesa vinha devagarinho para cima de mim.

— *Madame la baronne* — disse eu, alto e bom som, destacando cada palavra —, *j'ai l'honneur d'être votre esclave.*[1]

---

[1] Senhora baronesa (...), tenho a honra de ser seu escravo.

A seguir, inclinei a cabeça, pus o chapéu e passei rente do barão, virando-lhe educadamente a cara e sorrindo.

Fora Polina que me mandara tirar o chapéu, mas foi por conta própria que fiz essa reverência escarninha. Sabe lá o diabo o que me incitara; era como se uma avalanche me tivesse levado.

— *Gehen*![2] — gritou ou, melhor dizendo, grasnou o barão, dirigindo-se a mim com um furioso espanto.

Voltei-me e tomei uma pose respeitosa, continuando a mirá-lo e a sorrir. Ele estava aparentemente desapontado, suas sobrancelhas tinham-se erguido até *nec plus ultra.*[3] Seu rosto ficava cada vez mais sombrio. A baronesa também se virara em minha direção, olhando-me com uma perplexidade irada. Os transeuntes também olhavam. Alguns deles até retardavam o passo.

— *Gehen!* — grasnou de novo o barão, com o dobro de grasnido e de fúria.

— *Jawohl*[4] — respondi numa voz arrastada, continuando a fitá-lo bem nos olhos.

— *Sind Sie rasend?*[5] — berrou ele, agitando a bengala e começando, pelo visto, a sentir um pouco de medo. Talvez estivesse surpreso com as minhas roupas. Eu me vestia com elegância, até peraltice, igual a quem pertencesse aos meios mais decentes.

— *Jawo-o-ohl!* — gritei, de repente, com todas as forças, arrastando esse *o* como fazem os berlinenses, que empregam a cada minuto a expressão "*jawohl*" em suas

---

[2] Vá embora! (em alemão).

[3] O último limite (em latim).

[4] Sim (em alemão).

[5] Está louco? (em alemão).

conversas e arrastam, mais ou menos, a letra "o" para expressar diversos matizes de pensamentos e sensações.

O barão e a baronesa me deram depressa as costas e, assustados, foram embora quase correndo. Uns espectadores se puseram a falar, os outros me examinavam perplexos. De resto, não me recordo bem disso.

Fiz meia-volta e fui, como se nada tivesse acontecido, ao encontro de Polina Alexândrovna. Mas, ainda a uns cem passos de seu banco, vi-a levantar-se e levar as crianças para o hotel.

Encontrei-a perto da entrada.

— Fiz... a besteira — disse, alcançando-a.

— E daí? Desenrole-se agora — respondeu ela, sem mesmo olhar para mim, e foi subindo a escada.

Passei toda a noite vagueando no parque. Através do parque e depois pela floresta, cheguei até o principado vizinho. Num casinhoto comi ovos fritos e tomei vinho, pagando por esse idílio, sem mais nem menos, um táler e meio.

Só às onze horas voltei para casa. O general mandou buscar-me de imediato.

Nossa gente ocupa, nesse hotel, dois aposentos, isto é, quatro cômodos. O primeiro cômodo, grande, é o salão, com um piano de cauda. O outro cômodo grande, o gabinete do general, fica ao lado desse. Era bem lá que ele me esperava, de pé no meio do gabinete, com uma postura demasiadamente majestosa. Des Grieux estava sentado, refestelando-se no sofá.

— Prezado senhor, permita-me perguntar o que aprontou — começou o general, dirigindo-se a mim.

— Eu gostaria, general, que fosse direto ao assunto — disse eu. — É provável que o senhor queira falar sobre o encontro que tive hoje com um alemão.

— Um alemão?! Esse alemão é o Barão Wurmerhelm, uma pessoa bem importante! O senhor fez a ele e à baronesa várias afrontas.

— Nenhuma.

— Assustou-os, prezado senhor! — gritou o general.

— Mas é claro que não. Ainda em Berlim é que me ficou no ouvido a expressão "*jawohl*", que eles não param de repetir, depois de cada palavra, e arrastam de modo tão antipático. Quando o encontrei na alameda, esse "*jawohl*" me veio, de supetão, à memória e produziu, não sei por quê, um efeito irritante... para completar, a baronesa tem o costume de vir diretamente para cima de mim, quando nos encontramos, como se eu fosse um verme que se pode pisotear: já fez isso três vezes. Concorde que também posso ter o meu amor-próprio. Tirei o chapéu e, polidamente (asseguro-lhe que polidamente), disse: "*Madame, j'ai l'honneur d'être votre esclave*". Quando o barão se virou e gritou "*gehen!*", tive como que um empurrão para também gritar: "*Jawohl!*". Gritei, pois, duas vezes: da primeira vez, normalmente, e da segunda, arrastando com todas as forças. Foi só isso.

Confesso que estava todo contente com essa explicação extremamente infantil. Tomara-me uma assombrosa vontade de derramar toda a história da maneira mais disparatada possível.

E quanto mais a contava, mais prazer tinha em contá-la.

— Você se ri de mim, não é mesmo? — bradou o general. Ele se voltou em direção ao francês e declarou-lhe, em francês, que decididamente eu procurava sarna para me coçar. Des Grieux sorriu com desdém e encolheu os ombros.

— Oh, não pense assim, não foi nada disso! — exclamei, dirigindo-me ao general. — Decerto meu ato não é bom, confesso-lhe isso com toda a minha sinceridade. Até se pode chamar meu ato de travessura boba e imprópria, mas nada além disso. E sabe, general, estou profundamente arrependido. Porém, há nisso uma circunstância que, a meu ver, quase chega a livrar-me desse arrependimento. Ultimamente, faz umas duas ou até três semanas, não me tenho sentido bem: estou doente, nervoso, irritadiço, esquisito e, vez por outra, perco todo o domínio de mim mesmo. Juro que tenho tido, algumas vezes, imensa vontade de abordar o Marquês Des Grieux e... aliás, não é preciso concluir: talvez ele fique aborrecido. Numa palavra, são sinais de doença. Não sei se a Baronesa Wurmerhelm levará em consideração essa circunstância, quando eu lhe pedir desculpas (é que tenho a intenção de pedir-lhe desculpas). Creio que não, tanto mais que os meios jurídicos têm abusado, nos últimos tempos, da tal circunstância: que me conste, os advogados das causas criminais têm conseguido, com muita frequência, absolver seus clientes, os criminosos, alegando que, no momento do crime, eles não se davam conta de nada, e que seria uma espécie de enfermidade. Digamos, "matou, mas não se lembra de nada". E imagine, general, que a medicina os ajuda, confirmando que de fato existe essa doença, esse desvairamento temporário, quando certa pessoa não lembra quase nada, ou lembra metade do ocorrido, ou então um quarto. Mas o barão e a baronesa são da velha geração e, ainda por cima, fidalgos e *Junkers*[6]

[6] Fazendeiros alemães.

prussianos. Talvez nem saibam ainda desse progresso no mundo jurídico-médico, portanto não vão aceitar minhas explicações. O que o senhor acha, general?

— Basta, senhor! — proferiu o general bruscamente e com uma indignação contida. — Basta! Procurarei libertar-me, de uma vez por todas, de suas travessuras. Você não vai pedir desculpas à baronesa nem ao barão. Quaisquer conversas com você, mesmo se consistissem unicamente em pedir-lhes perdão, seriam por demais humilhantes para eles. Ciente de que você pertencia à minha casa, o barão veio tratar comigo ainda no cassino e, confesso-lhe, por pouco não me reclamou satisfações. Entende, prezado senhor, a que me expôs? Eu, eu fui obrigado a pedir desculpas ao barão, dando-lhe minha palavra que imediatamente, a partir de hoje, você deixaria de pertencer à minha casa...

— Espere, espere, general; então foi ele próprio quem exigiu que, segundo o senhor se digna a dizer, eu deixasse de pertencer à sua casa?

— Não, mas eu mesmo me vi obrigado a dar-lhe essa satisfação, e o barão, bem entendido, ficou contente. Vamos separar-nos, prezado senhor. Devo-lhe estes quatro fredericos e três florins em moedas daqui. Eis o dinheiro, e eis suas contas por escrito: pode conferi-las. Adeus. De agora em diante, somos estranhos. Tem-me causado somente preocupações e contrariedades. Já vou chamar o funcionário e dizer que, a partir de amanhã, não me responsabilizo mais pelas suas despesas no hotel. Tenho a honra de estar às suas ordens.

Peguei o dinheiro e o papelzinho, em que estavam escritas a lápis as minhas contas, cumprimentei o general e disse-lhe com muita seriedade:

— General, o caso não pode terminar desse modo. Sinto muito que o senhor tenha tido uma desavença com o barão, mas — desculpe-me — isso aconteceu por sua causa. De que maneira o senhor se encarregou de tomar minhas dores perante o barão? O que significa a expressão "pertencer à sua casa"? Em sua casa, sou apenas um preceptor, e ponto. Não sou seu filho, não estou sob a sua tutela, e o senhor não pode responsabilizar-se pelas minhas ações. Sou uma pessoa juridicamente competente. Tenho vinte e cinco anos e diploma universitário, sou fidalgo e não tenho absolutamente nada a ver com o senhor. Tão só o meu respeito ilimitado em relação a seus méritos é que me impede de reclamar-lhe agora mesmo satisfações por ter tomado a liberdade de responsabilizar-se por mim.

O general ficou tão pasmado que estendeu os braços, depois se virou, de repente, para o francês e relatou-lhe, às pressas, que eu quase o desafiara para um duelo. O francês desandou a rir.

— Porém não estou disposto a perdoar o barão — continuei com plena impassibilidade, sem que o riso de Monsieur Des Grieux me embaraçasse —, e visto que o general, consentindo hoje em dar ouvidos às queixas do barão e tomando o partido dele, veio a participar desse negócio todo, tenho a honra de declarar-lhe que, ao mais tardar amanhã de manhã, vou exigir, em meu próprio nome, que o barão me explique formalmente os motivos pelos quais ele, tendo problemas comigo, recorreu, em minha ausência, a outra pessoa, como se eu não pudesse ou não fosse digno de assumir, perante ele, a responsabilidade por mim mesmo.

Aconteceu o que eu havia previsto. Ouvindo essa nova bobagem, o general levou um susto enorme.

— Como assim, será que ainda pretende continuar esse caso maldito? — exclamou ele. — Mas o que está fazendo comigo, meu Deus! Não faça isso, prezado senhor, não faça, ou juro-lhe... aqui também há autoridades, e eu... eu... numa palavra, conforme o meu título... e o do barão também... numa palavra, a polícia vai prendê-lo e expulsar daqui para que deixe de cometer desacatos! Você entende?! — Se bem que a fúria lhe tivesse cortado o fôlego, o general estava terrivelmente assustado.

— General — respondi com a tranquilidade que ele não suportava —, não se pode prender por desacatos antes que os desacatos sejam cometidos. Ainda não comecei a explicar-me com o barão, e o senhor ainda não tem a menor ideia de que maneira e com que fundamento pretendo abordar esse assunto. Gostaria apenas de esclarecer a ofensiva suposição de que eu me encontre sob a tutela de uma pessoa que supostamente tem poder sobre o meu livre-arbítrio. O senhor se preocupa em vão.

— Pelo amor de Deus, Alexei Ivânovitch, pelo amor de Deus, deixe essa intenção absurda! — murmurava o general, de súbito mudando o seu tom furioso pelo suplicante e mesmo pegando nas minhas mãos. — Imagine só o resultado disso: mais uma contrariedade! Concorde você mesmo que devo portar-me aqui de modo especial, sobretudo, agora... sobretudo, agora!.. Oh, você não sabe, não conhece todas as minhas circunstâncias!.. Quando nós formos embora, estarei pronto a aceitá-lo de volta. Isso não é nada... pois, numa palavra... pois você está entendendo as causas! — bradou ele, desesperado. — Alexei Ivânovitch, Alexei Ivânovitch!..

Retirando-me em direção às portas, tornei a reforçar o meu pedido de não se preocupar, prometi que tudo passaria bem decentemente, e apressei-me a sair.

Às vezes, os russos que moram no estrangeiro andam covardes demais e têm muito medo de alguém falar mal deles ou maltratá-los, ou então de fazerem, eles próprios, algo indecoroso; em breves termos, estão como que presos num espartilho, sobretudo os que se pretendem significativos. O melhor para eles é alguma forma predefinida e pré-aprovada, à qual obedecem escravamente em hotéis, passeios, reuniões e viagens... contudo, o general deixara escapar que tinha, fora isso, certas circunstâncias especiais, que devia portar-se de certo "modo especial". Por isso é que ficara tão apavorado e mudara o tom de nossa conversa. Levei isso em conta e memorizei. Ademais, precisava ser mesmo cauteloso, já que, por mera tolice, ele podia recorrer, no dia seguinte, às mencionadas autoridades.

De resto, eu não tinha o intuito de provocar justamente o general; queria que Polina ficasse, por sua vez, zangada. Polina me tratara com tanta crueldade e impusera-me um rumo tão estúpido que agora eu estava cheio de vontade de levá-la ao extremo, fazendo com que ela mesma pedisse para eu parar. Afinal, minhas travessuras podiam comprometê-la também. Além disso, outras sensações e vontades iam despontando em mim; por exemplo, se me transformo voluntariamente em nada perante ela, isso de modo algum significa que sou pusilânime perante todo o mundo, e que o barão poderia dar-me "umas pauladas". Queria zombar deles todos, mostrando-me valentão. Que vejam. Decerto ela me chamará de novo, por medo de escândalo! E, mesmo se não chamar, verá, de qualquer jeito, que não sou pusilânime...

(Notícia surpreendente: acabo de ouvir a nossa babá, que encontrei na escada, dizer que hoje Maria Filíppovna pegou sozinha o trem noturno e foi a Karlsbad[7] visitar sua prima. Que novidade é essa? A babá diz que ela se preparava havia tempos, mas como é que ninguém sabia disso? Aliás, é possível que só eu não soubesse. A babá deixou escapar que, ainda anteontem, Maria Filíppovna teve uma conversa dura com o general. Dá para entender. Na certa, foi por causa de Mademoiselle Blanche. Sim, algo decisivo está para acontecer).

Capítulo 7

De manhã, chamei o hoteleiro e pedi a minha conta em separado. Meu quarto não era caro a ponto de assustar-me demais e deixar o hotel. Tinha dezesseis fredericos, e depois... depois, quem sabe, viria a fortuna! Coisa estranha: ainda não ganhei, mas ajo, sinto e penso feito um ricaço, e não posso imaginar-me de outra maneira.

Planejava, apesar de cedo, ir logo falar com Mister Astley, que residia bem perto de nós, no Hôtel d'Angleterre, quando Des Grieux entrou de repente no meu quarto. Ele nunca viera visitar-me antes; ainda por cima, nossas relações têm estado, nesses últimos tempos, frias e tensas em demasia. O francês não escondia nem

---

[7] Cidade famosa por suas termas, atualmente Karlovy Vary, na República Tcheca.

fazia questão de esconder o desdém com que me tratava; quanto a mim, tinha minhas razões particulares para não gostar dele. Numa palavra, odiava-o. Sua visita me admirou muito. Entendi, num instante, que algo bem especial tinha ocorrido.

Ele entrou todo amável e disse um elogio a respeito de meu quarto. Vendo-me com o chapéu nas mãos, indagou se eu ia passear tão cedo assim. Quando lhe respondi que ia tratar de um negócio com Mister Astley, ficou pensando, cismando, e o seu semblante tomou uma expressão extremamente preocupada.

Des Grieux era como todos os franceses, ou seja, estava alegre e amável, sendo isso preciso e proveitoso, e insuportavelmente chato, quando a alegria e a amabilidade deixavam de ser necessárias. Raras vezes o francês está naturalmente amável; sua amabilidade sempre provém de alguma instrução ou cálculo. Se, por exemplo, ele vislumbra a necessidade de ser fantástico, original, extraordinário, sua fantasia, por mais tola e artificial que seja, compõe-se de formas predeterminadas e, há muito tempo, aviltadas. Em seu estado natural, o francês é constituído pela mais burguesa, baixa e banal positividade; numa palavra, é o ente mais enfadonho do mundo. A meu ver, só os calouros e, sobretudo, as donzelas russas se encantam com os franceses. Qualquer pessoa decente percebe, de imediato, o trivial das formas predefinidas, daquela amabilidade própria do salão, daquelas desenvoltura e alegria, e não consegue aturá-lo.

— Tenho um assunto a discutirmos — começou ele com excessivo desembaraço, contudo polidamente —, e não vou negar que venho como negociador ou, melhor dizendo, intermediário da parte do general. Sabendo muito mal a língua russa, não entendi quase nada ontem; porém o general me explicou os detalhes, e confesso...

— Mas escute, Monsieur Des Grieux — interrompi-o —, nesse caso o senhor também quis ser intermediário. É claro que sou *un outchitel* e nunca busquei a honra de ser um amigo íntimo dessa família ou de aproximar-me particularmente dela, portanto não conheço todas as circunstâncias; mas explique-me: será que o senhor já pertence inteiramente a esse círculo? É que, afinal de contas, o senhor anda participando de tudo e sem falta, logo se encarrega de todas as mediações...

O francês não gostou de minha pergunta, transparente demais para ele me responder com todos os pormenores.

— O que me liga ao general são, por um lado, nossos negócios e, por outro lado, *certas* circunstâncias *particulares* — sua resposta foi seca. — O general me mandou pedir-lhe que deixasse suas intenções de ontem. Tudo o que você tem inventado é, sem dúvida, muito arguto; porém ele me pediu que lhe esclarecesse que de modo algum conseguiria realizar aquilo: como se não bastasse o barão não o receber, ele dispõe, em todo caso, de todos os meios para livrar-se das novas contrariedades advindas de sua parte. Concorde você mesmo. Diga-me, para que continuar? Ademais, o general promete aceitá-lo, com toda a certeza, de volta na casa dele, assim que as circunstâncias se tornarem convenientes, pagando, enquanto isso, seus vencimentos, *vos appointements*. Isso é bastante proveitoso, não é?

Disse a Des Grieux, com muita tranquilidade, que ele estava um tanto equivocado, que talvez o barão não mandasse enxotar-me, mas, pelo contrário, fosse dar-me ouvidos, pedindo, enfim, para o francês reconhecer que viera com o principal intuito de indagar como eu procederia naquele negócio.

— Meu Deus, desde que o general está tão interessado assim, ser-lhe-á agradável saber o que você vai fazer e de que maneira. É tão natural!

Eu comecei a explicar, e ele a escutar-me, refestelando-se e inclinando um pouco a cabeça para meu lado, com um matiz claro e indisfarçável de ironia em todo o seu semblante. Em geral, seu comportamento era demasiadamente altivo. Com todas as forças, eu tentava fingir que meu ponto de vista sobre esse caso era o mais sério possível. Expliquei-lhe que, tendo o barão reclamado de mim, como se fosse criado do general, eu, primeiro, perdera meu emprego e, segundo, ficara desonrado como uma pessoa incapaz de assumir a responsabilidade por si mesma e com a qual nem valia a pena conversar. Decerto me sentia injustiçado; porém, entendendo a diferença de idade, de condição social e assim por diante (mal conseguia conter o riso nessa passagem), não queria cometer outra leviandade, a de exigir satisfações ao barão de forma direta ou apenas de oferecer-lhe tal possibilidade. No entanto, considerava que tinha pleno direito de pedir desculpas ao barão e, especialmente, à baronesa, ainda mais que, nesses últimos tempos, andava realmente indisposto, transtornado e, para assim dizer, esquisito, etc., etc. Todavia o próprio barão, recorrendo ontem, de modo tão ofensivo, ao general e insistindo que este me privasse do emprego, colocara-me numa situação tão melindrosa que agora não me seria mais possível pedir desculpas a ele nem à baronesa, porque ele mesmo, a baronesa e toda a sociedade haviam de pensar que eu viera pedir desculpas por medo e para recuperar o meu emprego. Disso tudo resultava a conclusão de que agora me via obrigado a solicitar que o barão, primeiramente, pedisse perdão a mim, usando para tanto as expressões mais moderadas, dizendo, por exemplo, que não tinha a mínima intenção de ofender-me. E, quando o barão dissesse isso, então é que eu lhe pediria, de braços desamarrados, sincera e cordialmente, perdão. Numa palavra, arrematei —, peço apenas que o barão me desamarre os braços.

— I-ih, quantos melindres e quantos requintes! Por que mesmo pediria desculpas? Mas concorde, monsieur... monsieur... que está fazendo tudo isso de propósito, para magoar o general... ou talvez tenha alguns objetivos especiais... *mon cher monsieur, pardon, j'ai oublié votre nom; monsieur Alexis, n'est-ce pas?*[1]

— Mas enfim, *mon cher marquis,*[2] o que o senhor tem a ver com isso?

— *Mais le général...*[3]

— E o próprio general? Ontem ele disse alguma coisa, alegando que devia portar-se de certo modo... e ficou tão preocupado... mas eu cá não entendi nada.

— Há nisso uma circunstância particular — prosseguiu Des Grieux num tom de súplica, em que seu aborrecimento se fazia cada vez mais patente. — Você conhece Mademoiselle de Cominges?

— Quer dizer Mademoiselle Blanche?

— Sim, Mademoiselle Blanche de Cominges... *et madame sa mère...*[4] concorde você mesmo, o general...

---

[1] (...) meu caro senhor, perdão, esqueci o seu nome; senhor Alexis, não é?

[2] Meu caro marquês.

[3] Mas o general...

[4] A senhorita Blanche de Cominges e a senhora sua mãe.

numa palavra, o general está apaixonado e até... até pode ser que se faça matrimônio aqui. Imagine vários escândalos, histórias que vão acontecer...

— Não percebo nisso escândalos nem histórias que tenham a ver com o matrimônio.

— Mas *le baron est si irascible, un caractère prussien, vous savez, enfin il fera une querelle d'Allemand.*[5]

— Isso não lhe diz respeito, mas, sim, a mim, porque não pertenço mais à casa (É de propósito que procurava mostrar-me o mais abobado possível.). Mas, como assim, já está decidido que Mademoiselle Blanche se casará com o general? O que eles estão esperando? Quero dizer: para que esconder isso, pelo menos de nós, dos familiares?

— Não posso dizer-lhe... aliás, ainda não está totalmente... contudo... você sabe que esperam por uma notícia da Rússia. O general precisa arranjar uns negócios...

— Ah, ah! *La baboulinka*!

Des Grieux olhou para mim com ódio.

— Resumindo — interrompeu ele —, conto plenamente com sua amabilidade inata, com sua inteligência, com sua sensatez... você, com certeza, fará isso para a família em que foi acolhido como um próximo, tem sido amado, respeitado...

— Misericórdia, mas eu fui posto na rua! O senhor está afirmando agora que não foi de verdade; mas reconheça, se alguém lhe dissesse: "Seguramente não quero puxar-te as orelhas de verdade, pois então deixa que puxe de mentira..." não daria quase na mesma?

---

[5] (...) o barão é tão irascível, um caráter prussiano, você sabe; enfim, ele vai brigar à toa.

— Se for assim, se nenhum pedido o comover — começou ele severa e altivamente —, permita-me explicitar que as providências serão tomadas. Há autoridades aqui, você será expulso ainda hoje. *Que diable, un blanc-bec comme vous*[6] quer desafiar uma pessoa tão importante quanto o barão! Você acha que depois o deixarão em paz? E acredite, ninguém tem medo de você por aqui! Se vim pedir, foi mais por mim mesmo, porque você atormentava o general. E será, será que acha mesmo que o barão simplesmente não mandará o lacaio enxotá-lo?

— Mas eu não vou lá pessoalmente — respondi com absoluta tranquilidade. — Está enganado, Monsieur Des Grieux, tudo isso será muito mais decente do que o senhor pensa. Vou agorinha conversar com Mister Astley e pedirei que ele seja meu intermediário, numa palavra, meu *second.*[7] Aquele homem gosta de mim e, com certeza, não vai recusar. Ele irá ver o barão, e o barão o receberá. Se eu mesmo sou *un outchitel* e pareço algo *subalterne*[8] e, feitas as contas, desprotegido, Mister Astley é sobrinho de um lorde, de um verdadeiro lorde, todo mundo sabe disso, de Lorde Peabroke, e esse lorde está aqui. Acredite que o barão tratará Mister Astley amavelmente e vai escutá-lo. Senão, Mister Astley tomará isso por uma ofensa pessoal (o senhor sabe como os ingleses são insistentes) e mandará um amigo desafiar o barão, e seus amigos são gente boa. Leve então em conta que tudo talvez venha a ser diferente do que o senhor pressupõe.

---

[6] Que diabo, um fedelho como você...
[7] Meu segundo, isto é, pessoa que ajuda a organizar um duelo.
[8] Subalterno.

O francês ficou realmente assustado; com efeito, aquilo tudo era bem verossímil, e parecia, por conseguinte, que eu era capaz de aprontar toda uma história.

— Mas, eu lhe peço — começou ele em tom de rogativa —, deixe tudo isso! Parece que se deleita com a confusão que está tramando! Você não precisa de satisfações, mas, sim, de uma confusão! Eu disse que isso tudo ia ser engraçado e mesmo arguto, e talvez você procure exatamente por isso, mas, em suma — concluiu, vendo-me levantar e pegar o chapéu —, vim transmitir-lhe estas duas palavras de uma pessoa... Leia; fui incumbido de esperar sua resposta.

Dito isso, ele tirou do bolso e entregou-me um bilhetinho dobrado e selado com um lacre.

Nele estava escrito com a letra de Polina:

> Pareceu-me que você se dispunha a levar esse caso adiante. Tinha-se zangado e vinha fazendo bobagens. Porém, há nisso circunstâncias particulares que talvez lhe explique mais tarde; enquanto isso, deixe, por favor, suas travessuras. Como tudo isso é tolo! Preciso de você, e você mesmo prometeu obedecer-me. Lembre-se do Schlangenberg. Peço-lhe que seja obediente e, se necessário, ordeno. Sua P.
>
> P. S. Se estiver zangado comigo por causa do ocorrido ontem, perdoe-me.

Tudo se revolveu nos meus olhos quando li essas linhas. Meus lábios ficaram brancos, e comecei a tremer. O maldito francês me fitava com uma expressão ostensivamente modesta e desviava os olhos, como se procurasse não ver o meu constrangimento. Seria melhor se estivesse zombando de mim.

— Está bem — respondi —, diga à Mademoiselle que fique tranquila. Permita-me, entretanto, perguntar — acrescentei bruscamente —, por que o senhor demorou tanto para entregar-me esse bilhete? Em vez de tagarelar sobre as ninharias, deveria, a meu ver, ter começado por isso... desde que veio com tal incumbência.

— Oh, ia contar-lhe... no fundo, tudo isso é tão estranho que você vai perdoar a minha impaciência natural. Queria informar-me pessoalmente, com você mesmo e o mais rápido possível, sobre as suas intenções. De resto, desconheço o conteúdo desse bilhete; pensava que nunca seria tarde para entregá-lo.

— Compreendo: o senhor foi simplesmente incumbido de entregá-lo só em caso de extrema necessidade. Se tivesse conseguido arranjar tudo sozinho, tê-lo-ia deixado de lado, não é isso? Seja franco, Monsieur Des Grieux!

— *Peut-être*[9] — disse ele, tomando ares de especial recato e olhando para mim de maneira também especial.

Peguei meu chapéu; ele me acenou com a cabeça e saiu. Tinha-me parecido que um sorriso desdenhoso estava nos lábios dele. E poderia ser de outro jeito?

— Ainda vamos acertar nossas contas, hein, francesinho; vamos medir nossas forças! — murmurava eu, descendo a escada. Ainda não chegava a entender nada, como se tivesse levado uma pancada na cabeça. Lá fora, o ar me refrescou um pouco.

Passados uns dois minutos, assim que a minha mente começou a clarear, dois pensamentos vieram bem

---

[9] Pode ser.

nítidos: o *primeiro* é que por causa de tais bobagens, de algumas ameaças pueris e inacreditáveis, que um garoto jogara, de passagem, no dia anterior, surgiu esse alarme *geral*; e o *segundo*: que influência é que o francês exerce, no fim das contas, sobre Polina? Uma palavra dele, e ela faz tudo quanto for preciso, escreve um bilhete e até *pede* a mim. Sem dúvida, seu relacionamento sempre tem sido um enigma, desde o início, desde que os conheci; porém, nesses últimos dias, tenho reparado na óbvia aversão e mesmo no desprezo que ela manifesta por ele, enquanto ele nem a enxerga, tratando-a sem qualquer cortesia. Reparei nisso. Polina me falou sobre a sua aversão; umas confidências muito significativas vinham escapando dela... Isso quer dizer que o francês simplesmente a domina, que a acorrenta de alguma forma...

Capítulo 8

Foi na *promenade*, como é chamada aqui a alameda das castanheiras, que encontrei o meu inglês.

— Oh, oh! — exclamou ele, quando me viu. — Íamos visitar um ao outro. Então, você já se despediu dos seus?

— Diga-me, primeiro, por que está a par disso tudo — perguntei, espantado. — Será que todo mundo sabe?

— Oh, não, todo mundo não sabe, nem precisa saber. Ninguém fala nisso.

— Mas como é que você sabe?

— Sei porque tive a ocasião de informar-me. Aonde irá agora? Eu gosto de você, por isso vim vê-lo.

— É gente boa, Mister Astley — disse eu (aliás, estava todo pasmado: de que maneira ele soubera?). —

E, como ainda não tomei o café da manhã, bem como você deve tê-lo tomado às pressas, vamos ao restaurante perto do cassino, para nos sentarmos, fumarmos e para eu lhe contar tudo, e... você também me contará.

O restaurante ficava a cem passos. Serviram-nos o café; sentamo-nos à mesa, eu acendi um cigarro e Mister Astley, que não fumava, fixou os olhos em mim preparando-se para escutar.

— Não vou a lugar nenhum, fico aqui — comecei.

— Tinha a certeza de que ficaria — respondeu Mister Astley em tom de aprovação.

Indo encontrar-me com Mister Astley, não tinha a intenção de contar-lhe algo sobre o meu amor por Polina e mesmo não queria tocar no assunto. Nesses dias todos, não lhe dissera sequer uma palavra a respeito. Ademais, ele era muito tímido. Desde a primeira vista, eu percebi que Polina lhe fizera uma impressão extraordinária, porém ele nunca mencionava o seu nome. Mas, coisa estranha: agora que ele se sentou e cravou em mim o olhar atento e mortiço, veio-me, de repente e por motivo desconhecido, a vontade de contar-lhe tudo, isto é, todo o meu amor com todos os matizes dele. Passei meia hora contando, com o maior prazer: foi a primeira vez que contei sobre isso! E, vendo que certas frases especialmente ardentes deixavam meu interlocutor confuso, aumentei, de propósito, o ardor de meu relato. Arrependo-me apenas de uma coisa: é provável que tenha falado demais sobre o francês...

Mister Astley escutava, sentado na minha frente, imóvel, sem uma palavra nem som, olhando-me bem nos olhos; mas quando me referi ao francês, fez subitamente que eu parasse e perguntou, severo, se eu tinha o direito de mencionar essa circunstância alheia. Mister Astley sempre fazia perguntas meio estranhas.

— Você tem razão: receio que não — respondi.

— Não pode dizer nada exato desse marquês e de Miss Polina, tirante suas suposições?

Feita por uma pessoa tão tímida como Mister Astley, essa pergunta tão categórica me deixou outra vez pasmado.

— Não, nada exato — disse eu. — Por certo, nada.

— Assim sendo, você fez mal não só em falar sobre isso comigo, mas até mesmo em pensar nisso consigo.

— Está bem, está bem! Confesso, mas não se trata disso agora — interrompi-o, intimamente surpreso. Recontei-lhe toda a história de ontem, com todos os pormenores — a extravagante proposta de Polina, minha aventura com o barão, minha demissão, a covardia extraordinária do general — e, finalmente, relatei, de modo detalhado, a recente visita de Des Grieux com todas as peripécias dela. Terminando, mostrei-lhe o bilhete.

— A que conclusão você chega? — perguntei. — Vim justamente para saber a sua opinião. No que diz respeito a mim, parece que mataria aquele francelho, e talvez acabe por fazê-lo.

— Eu também — disse Mister Astley. — Quanto a Miss Polina, bem... você sabe que nos relacionamos, caso haja necessidade, mesmo com as pessoas odiadas. Pode ser que essas relações lhe sejam incompreensíveis, dependendo das circunstâncias alheias. Creio que você pode acalmar-se — em parte, bem entendido. E o que ela fez ontem é certamente estranho: não porque, desejando livrar-se de você, ela o mandou contra a clava do barão (que ele tinha na mão e, não entendo por quê, não utilizou), mas porque tal extravagância não convém a... a uma moça tão maravilhosa assim. Obviamente ela não podia antever que você realizaria seu jocoso pedido ao pé da letra...

— Sabe de uma coisa? — exclamei de chofre, examinando com atenção Mister Astley. — Parece-me que você já ouviu tudo isso, e sabe de quem? — Da própria Miss Polina!

Mister Astley olhou para mim perplexo.

— Seus olhos estão brilhando, e eu leio neles suspeitas — disse ele, imediatamente recuperando a sua tranquilidade habitual —, mas você não tem o menor direito de expressá-las. Não posso reconhecer esse direito e recuso-me plenamente a responder à sua pergunta.

— Nem precisa! Basta! — gritei, tomado de uma estranha emoção e sem entender por que isso me viera à mente! Quando, onde e como é que Polina podia ter escolhido Mister Astley por confidente? Aliás, ultimamente tenho perdido Mister Astley de vista, e Polina sempre fora enigmática para mim, tão enigmática que, por exemplo, agora, pondo-me a narrar toda a história de meu amor a Mister Astley, fiquei de repente, durante a própria narração, assombrado de não poder contar quase nada exato e positivo sobre as relações que tinha com ela. Pelo contrário, era tudo fantástico, bizarro, inconsistente e não se assemelhava a nada.

— Bem; estou confuso e até agora não consigo entender muita coisa — redargui, como que ofegante. — Aliás você é uma boa pessoa. Agora é outro caso, e eu não lhe peço conselhos, mas, sim, sua opinião.

Fiquei por um tempo calado e recomecei:

— Em sua opinião, por que o general se assustou tanto? Por que eles todos tramaram essa história por causa de minha estupidíssima garotice? Uma história tão grave que o próprio Des Grieux julgou necessário intrometer-se nela (e ele se intromete apenas nos casos mais importantes), visitando-me (veja só!), pedindo-me, implorando ele, Des Grieux, a mim! Repare, afinal, que ele veio por volta das nove horas, e o bilhete de Miss Polina já estava na mão dele. Quando é que, pergunto, ele foi escrito? Talvez Miss Polina tenha sido acordada com esse propósito? Além de perceber, assim, que Miss Polina é escrava dele (porque até a mim ela pede perdão!); além disso, o que ela pessoalmente tem a ver com isso? Por que está tão interessada? Por que eles têm medo do tal barão? E o que vai acontecer, se o general se casar com Mademoiselle Blanche de Cominges? Eles dizem que devem portar-se de modo *especial* em razão dessa circunstância, mas isso seria por demais especial, concorde comigo! O que você pensa? Seus olhos me asseguram que, nesse ponto também, você sabe mais do que eu!

Mister Astley sorriu e inclinou a cabeça.

— Ao que parece, nesse ponto também eu sei, de fato, muito mais do que você — disse ele. — Trata-se apenas de Mademoiselle Blanche, e estou seguro de que isso é pura verdade.

— O que é que tem Mademoiselle Blanche? — exclamei com impaciência (surgira-me repentinamente a esperança de que agora viesse a saber algo sobre Mademoiselle Polina).

— Parece-me que neste momento Mademoiselle Blanche tem um interesse especial em evitar o encontro com o barão e a baronesa de todas as maneiras possíveis, muito mais um encontro desagradável ou, pior ainda, escandaloso.

— E daí?!

— Mademoiselle Blanche já esteve aqui, em Rolettenburg, durante uma temporada, três anos atrás. Eu também estive aqui. Mademoiselle Blanche não se chamava então Mademoiselle de Cominges, assim como sua mãe, Madame *veuve*[1] Cominges, então não existia. Ao menos, não se falava nela. Des Grieux? — Des Grieux tampouco existia. Estou profundamente convencido de que, além de não serem parentes, eles se conheceram há pouco tempo. De igual modo, Des Grieux se tornou marquês bem recentemente, tenho a certeza disso graças a uma circunstância. Até se pode supor que o próprio nome Des Grieux seja de fresca data. Conheço por aqui uma pessoa que o tem encontrado sob outro nome.

— Mas ele realmente tem um bom círculo de conhecidos?

— Oh, isso é possível. Até Mademoiselle Blanche pode ter um. Mas, três anos atrás, a polícia local, atendendo a queixa daquela mesma baronesa, solicitou que Mademoiselle Blanche deixasse a cidade, e ela foi embora.

— Como assim?

— Na época, ela apareceu aqui, primeiro, com um italiano, um príncipe de nome histórico como *Barberini* ou algo semelhante. O homem andava todo coberto de anéis e diamantes, por sinal, verdadeiros. Eles tinham uma carruagem esplêndida. Mademoiselle Blanche jogava no *trente et quarante*, a princípio bem, e depois a ventura começou, que me lembre, a traí-la. Recordo-me de uma noite em que ela perdeu uma quantia extraordinária.

[1] Viúva.

Mas o pior é que, *un beau matin,*[2] seu príncipe sumiu sem deixar rastros; sumiram também os cavalos e a carruagem, sumiu tudo. Sua dívida no hotel era terrível. Mademoiselle Zelma (em vez de Barberini, ela se transformou, de repente, em Mademoiselle Zelma) chegou ao cúmulo de desespero. Uivava e guinchava de modo que todo o hotel a ouvisse, e despedaçou de raiva o seu vestido. No mesmo hotel estava um conde polonês (todos os viajantes poloneses são condes), e Mademoiselle Zelma, rasgando as suas roupas e arranhando-se o rosto, feito uma gata, com suas belas mãos banhadas em perfumes, causou-lhe certa impressão. Eles conversaram, e, na hora do almoço, ela estava consolada. De noite os dois apareceram no cassino, de braços dados. Mademoiselle Zelma ria muito alto, como de praxe, e suas maneiras denotavam um pouco mais de desenvoltura. Ela ingressou diretamente na companhia das damas que jogam na roleta e que, aproximando-se da mesa, empurram, com todas as forças, o jogador com o ombro para livrar o espaço. É o charme particular dessas damas. Você decerto reparou nelas?

— Oh, sim.

— Nem vale a pena reparar. Para desgosto do público decente, elas não arredam o pé daqui, pelo menos, aquelas que todo dia trocam, junto da mesa, as notas de mil francos. De resto, tão logo param de trocá-las, veem-se instadas a ir embora. Mademoiselle Zelma ainda estava trocando as notas, porém o seu jogo ia de mal a pior. Observe que muitas vezes essas damas têm sorte no jogo; seu sangue-frio é impressionante. Aliás, minha história

[2] Uma bela manhã.

está terminada. Um dia, o conde desapareceu da mesma forma que o príncipe. De noite Mademoiselle Zelma veio jogar sozinha, e dessa vez ninguém se apresentou para oferecer-lhe a mão. Em dois dias, ela se arruinou completamente. Ao apostar o último luís e perdê-lo, olhou ao redor e viu por perto o Barão Wurmerhelm, que a examinava com muita atenção, profundamente indignado. Contudo Mademoiselle Zelma não enxergou a indignação e, dirigindo-se ao barão com seu sorriso notório, pediu que ele apostasse por ela dez luíses na vermelha. Por essa razão, em resposta à queixa da baronesa, ela recebeu, a seguir, a solicitação de não entrar mais no cassino. Se está admirado de eu conhecer todos esses detalhes miúdos e totalmente indecentes, é que me inteirei deles com Mister Fieder, um parente meu, que na mesma noite havia levado Mademoiselle Zelma de Rolettenburg a Spa[3] em sua carruagem. Agora entenda: é provável que Mademoiselle Blanche queira ser generala para não receber, no futuro, outras solicitações iguais àquela que lhe mandou, três anos atrás, a polícia do cassino. Hoje em dia, ela não joga mais; a julgar pelas aparências, possui um cabedal que empresta aos jogadores daqui com juros. Isso é muito mais astuto. Chego a suspeitar que até o desgraçado general lhe deva alguma coisa. Pode ser que Des Grieux também deva a ela, ou então eles atuam juntos. Concorde você mesmo que, pelo menos antes do casamento, ela não gostaria de atrair, por algum motivo, a atenção da baronesa e do barão. Numa palavra, em sua situação o escândalo é a coisa menos proveitosa. Você tem ligações com essa

---

[3] Balneário belga situado nas proximidades de Liège.

família, e seus atos poderiam provocar um escândalo, tanto mais que todos os dias ela aparece em público, de braços dados com o general ou com Miss Polina. Entende agora?

— Não, não entendo! — exclamei, batendo na mesa com tanta força que o garçom veio correndo de susto.

— Diga, Mister Astley — repeti, enfurecido —, se já sabia toda aquela história, sabendo, por conseguinte, quem era Mademoiselle Blanche de Cominges, por que não avisou, pelo menos, a mim, por que não advertiu, enfim, o próprio general nem, o mais importante, Miss Polina, que tinha andado, lá no cassino, de braços dados com Mademoiselle Blanche? Será possível?

— Não fazia sentido avisá-lo, porque você não poderia fazer nada — respondeu calmamente Mister Astley. — Aliás, avisar de quê? O general talvez saiba a respeito de Mademoiselle Blanche ainda mais do que eu e, não obstante, passeia com ela e com Miss Polina. O general é um homem infeliz. Vi ontem Mademoiselle Blanche cavalgar um belo cavalo em companhia de Monsieur Des Grieux e daquele baixinho príncipe russo, enquanto o general ia atrás num alazão. Havia dito, pela manhã, que tinha dor nas pernas, contudo a sua postura estava boa. Foi nesse exato momento que me veio, de chofre, o pensamento de que ele estava completamente perdido. Além do mais, tudo aquilo não é de minha conta, e só faz pouco tempo que tive a honra de conhecer Miss Polina. Enfim (relembrou de súbito Mister Astley), já lhe disse que não podia reconhecer o seu direito no tocante a certas questões, apesar de gostar sinceramente de você...

— Basta! — repliquei, levantando-me. — Agora fica claro como a luz do dia que Miss Polina também sabe tudo sobre Mademoiselle Blanche, mas não consegue afastar-se do seu francês e atreve-se, portanto, a passear com Mademoiselle Blanche. Acredite que nenhuma outra influência a faria passear com ela nem me implorar por escrito que não importunasse o barão. Deve ser essa mesma influência, perante a qual tudo se curva! Todavia, foi ela quem me mandou contra o barão! Que diabo, não dá para entender nada!

— Você esquece, primeiro, que Mademoiselle de Cominges é noiva do general, e, segundo, que Miss Polina, enteada do general, tem um irmãozinho e uma irmãzinha, os filhos de sangue desse homem maluco que os deixou desamparados e, ao que me parece, até roubou.

— Sim, sim, é verdade! Deixar as crianças significa abandoná-las de todo; ficar significa defender os interesses delas e, sabe-se lá, salvar as migalhas de seu patrimônio. Sim, sim, isso tudo é verdade! E porém, porém... Oh, eu entendo por que eles todos se interessam tanto pela vovozinha!

— Por quem? — perguntou Mister Astley.

— Por aquela velha bruxa de Moscou que não morre, embora todo mundo espere o telegrama sobre a morte dela.

— Pois é, certamente todo o interesse se volta para ela. Tudo acontece por causa da herança! Se vier a herança, o general se casará, Miss Polina também ficará desamarrada, e Des Grieux...

— Sim, e Des Grieux?

— E Des Grieux receberá seu dinheiro; somente isso é que ele espera aqui.

— Somente! Acha que esteja à espera disso?

— Não sei mais nada — calou-se teimosamente Mister Astley.

— E eu sei, sim, eu sei! — repeti com fúria. — Ele também espera pela herança, porque Polina vai receber o seu dote e, recebendo o dinheiro, logo se atirará nos braços dele. Todas as mulheres são assim! E as mais orgulhosas dentre elas tornam-se as escravas mais pífias! Polina é capaz apenas de amar apaixonadamente, e nada mais que isso! Eis minha opinião sobre ela! Veja-a, sobretudo quando estiver sentada sozinha, meditativa: é algo predestinado, sentenciado, fatal! Ela é capaz de todos os horrores da vida e da paixão... ela... ela... mas quem é que me chama? — exclamei de repente. — Quem está gritando? Ouvi alguém gritar em russo: "Alexei Ivânovitch!". Uma voz feminina; ouve, ouve?

Nesse ínterim, aproximávamo-nos de nosso hotel. Há tempo, tínhamos deixado o restaurante, quase sem reparar nisso.

— Ouvi uma mulher gritar, mas não sei quem foi chamado; é em russo; agora vejo de onde vêm os gritos — apontava Mister Astley. — Grita aquela mulher sentada numa grande poltrona, que tantos lacaios fizeram subir ao terraço de entrada. Estão trazendo as malas dela, é que o trem acabou de chegar.

— Mas por que ela chama a mim? Está gritando de novo; olhe, está acenando para nós.

— Vejo que está acenando — disse Mister Astley.

— Alexei Ivânovitch! Alexei Ivânovitch! Ah, meu Deus, que bobalhão é aquele! — os gritos estridentes vinham do terraço do hotel.

Fomos quase correndo à entrada. Pisei na escadaria e... caíram-me de espanto os braços, e os meus pés como que se colaram no chão de pedra.

Capítulo 9

No patamar superior do largo terraço de entrada, carregada pelos degraus em sua poltrona e rodeada de criados, criadas e numerosos funcionários servis do hotel, na presença do próprio gerente que viera cumprimentar a alta visita aparecida com tamanho barulho e algazarra, com domesticidade e tantos baús e malas, tronava *a avó*! Sim, era ela mesma, a rica e temível Antonida Vassílievna Tarassêvitcheva, fidalga moscovita e senhora de terras com seus setenta e cinco anos de idade, *la baboulinka*, a respeito da qual mandavam e recebiam telegramas, que estava para morrer e não morrera, vindo visitar-nos de improviso, como a neve em pleno verão. Veio em pessoa, embora sem pernas, carregada, como de praxe nesses últimos cinco anos, numa poltrona, mas, segundo o seu hábito, animada, desafiadora, jactanciosa, com sua postura ereta, seus brados altos e imperiosos, seus ralhos direcionados a todo mundo — em resumo, tal e qual como tivera a honra de vê-la, umas duas vezes, desde que entrara, como preceptor, na casa do general. Naturalmente fiquei petrificado de pasmo na frente dela. E ela me avistara, com os seus olhos de lince, ainda a cem passos, levada em sua poltrona, reconheceu-me e chamou pelo nome e patronímico[1] que tinha decorado, também por hábito, de uma vez por todas. "É essa a pessoa que esperavam ver no caixão, enterrada depois de deixar herança!" surgiu-me um rápido pensamento. "Mas ela sobreviverá a nós todos e a todo o hotel! E,

[1] Sobrenome derivado do nome do pai, característico para a língua russa.

pelo amor de Deus, o que acontecerá com a nossa gente, o que acontecerá com o general? Ela vai virar todo o hotel de cabeça para baixo!"

— E aí, queridinho, por que estás parado em frente, de olhos arregalados? — continuava a gritar a avó. — Nem sabes cumprimentar a gente, é isso? Ou não queres de tão soberbo? Ou não me reconheceste, talvez? Escuta, Potápytch — ela se dirigiu ao seu mordomo, um velhote grisalho, de casaca e gravata branca, com uma careca rosa, que a acompanhava em viagem —, escuta, ele não me reconheceu! Já enterraram! Mandavam um telegrama depois do outro: morreu ou não morreu? Eu sei de tudo! E estou bem vivinha, como tu vês.

— Desculpe, Antonida Vassílievna, mas por que lhe desejaria o mal? — respondi sorridente, ao recobrar-me. — Estava apenas surpreso... E como não estaria... assim tão de repente...

— O que é que te surpreende? Peguei o trem e vim cá. No vagão estava tudo tranquilo, sem sacudidas. Estavas passeando, não é?

— Sim, dei um passeio ao redor do cassino.

— É bom aqui — disse a avó, olhando em sua volta —, está quente, e as árvores são ricas. Eu gosto disso! Os nossos estão em casa? O general?

— Oh, claro! Nesta hora, todos estão em casa.

— Até aqui eles têm horários e todas as cerimônias? Estão impondo o estilo. Dizem que andam de carruagem, *les seigneurs russes!*[2] Faliram, e logo para o estrangeiro! E Praskóvia[3] está com eles?

---

[2] Os senhores russos.

[3] A avó usa a forma russificada do nome Polina — Praskóvia.

— E Polina Alexândrovna também.

— E o francesinho? Bem, vou ver a todos, eu mesma. Alexei Ivânovitch, vai mostrando o caminho, direto ao quarto dele. Estás bem aqui, hein?

— Mais ou menos, Antonida Vassílievna.

— E tu, Potápytch, diz àquele basbaque, ao hoteleiro, para me arrumarem um bom apartamento, confortável e que não seja muito alto, e leva lá minhas coisas. Por que é que todos vêm carregar-me? Para que é que vieram? Mas que escravos! Quem é esse, ao teu lado? — ela falou outra vez comigo.

— É Mister Astley — respondi eu.

— Quem é Mister Astley?

— Um viajante, meu conhecido; o general também o conhece.

— Um inglês. Por isso é que olha para mim desse jeito, sem descerrar os dentes. Aliás, gosto de ingleses. Bem, levem-me para cima, direto ao apartamento deles. Onde estão eles lá?

Foram levando a avó pelas largas escadarias do hotel. Eu subia na frente; o nosso desfile era muito espetacular. Todos os que nos viam paravam e olhavam boquiabertos. Nosso hotel era considerado o melhor, o mais caro e o mais aristocrático do balneário. Seus corredores e sua escada sempre pululavam de magníficas damas e altivos ingleses. Muitos interrogavam o gerente, ali embaixo, o qual estava, por sua parte, estupefato. Bem entendido, ele respondia a todos os interessados que era uma estrangeira importante, *une russe*, *une comtesse*, *grande dame,*[4] e que ela ocuparia os mesmos aposentos em que

[4] (...) uma russa, uma condessa, grande dama.

se hospedara, uma semana antes, *la grande duchesse de N.*[5] A autoritária e ambiciosa aparência da avó a ascender em sua poltrona ocasionava o maior efeito. Ao encontrar quaisquer pessoas desconhecidas, ela as examinava logo com olhar curioso e perguntava-me, em voz alta, quem eram. A avó tinha uma compleição robusta; quem a encarava sentia, ainda que ela não se levantasse da poltrona, que era bastante alta. Seu dorso estava reto, como uma prancha, sem se encostar na poltrona. Sua cabeça grande, de cabelos brancos e traços fortes e rudes, estava erguida; seu olhar era, de certo modo, arrogante e desafiador; percebia-se que tanto o olhar quanto os gestos dela eram absolutamente naturais. Apesar de seus setenta e cinco anos, o rosto da avó continuava assaz fresco, e mesmo os seus dentes não estavam muito estragados. Ela trajava um vestido preto de seda e uma touquinha branca.

— Ela me interessa demais — disse-me, cochichando, Mister Astley, que subia ao meu lado.

"Ela sabe dos telegramas", pensei então "conhece também Des Grieux, mas parece não ter muita intimidade com Mademoiselle Blanche". Logo comuniquei isso a Mister Astley.

Que pecador eu sou! Assim que passou o meu primeiro pasmo, fiquei animadíssimo com aquele trovão que agorinha ribombaria no quarto do general. Ia na frente, cheio de alegria, como se algo me instigasse.

Nossa gente morava no terceiro andar; sem avisar, nem mesmo bater à porta, abri-a de par em par, e a avó foi levada, triunfalmente, para dentro. Todos eles

[5] A grande duquesa de N.

estavam reunidos, como que de propósito, no gabinete do general. Era meio-dia, e planejava-se, pelo visto, uma saída: uns iriam de carruagem, os outros a cavalo, todos juntos, tendo convidado, para completar, alguns conhecidos. Além do general, de Polina com as crianças e da babá, no gabinete estavam Des Grieux, Mademoiselle Blanche vestida à amazona, sua mãe, Madame *veuve* Cominges, o príncipe baixinho e mais um viajante alemão, cientista, que eu já vira da última vez. A poltrona da avó foi colocada bem no meio do gabinete, a três passos do general. Meu Deus, nunca esquecerei aquela impressão! Antes de entrarmos, o general contava alguma coisa e Des Grieux corrigia-o. Dever-se-ia notar que, por algum motivo, Mademoiselle Blanche e Des Grieux vinham cortejando, havia dois ou três dias, o tal príncipe — *à la barbe du pauvre général*[6] —, e que o humor de toda a companhia estava, embora artificial, o mais alegre e cordialmente familiar. De súbito, o general interrompeu a conversa e ficou estupefato, de boca aberta — tudo isso por ter visto a avó. Fitava-a de olhos esbugalhados, como que enfeitiçado pelo olhar de um basilisco.[7] A avó também o examinava calada, sem se mover, mas que olhar exultante, desafiador e jocoso era o dela! Eles se miraram por uns dez segundos, enquanto todos os outros estavam imersos num profundo silêncio. A princípio, Des Grieux ficou atônito, mas em seguida uma preocupação extraordinária transpareceu no seu rosto. Mademoiselle Blanche ergueu as sobrancelhas,

---

[6] (...) nas barbas do pobre general.

[7] Segundo a mitologia, lagarto ou serpente gigante a que se atribuía o poder de matar com o olhar.

abriu a boca e olhou para a avó com terror. O príncipe e o cientista contemplavam toda a cena perplexos. No olhar de Polina surgiram espanto e incompreensão, mas de repente ela ficou pálida como um lenço; um minuto depois, o sangue subiu-lhe depressa às faces, cobrindo-as de vermelhidão. Sim, era uma catástrofe para todos! Eu não fazia outra coisa senão passar os olhos da avó para todos os presentes e vice-versa. Mister Astley se mantinha, segundo o seu hábito, de lado, tranquila e solenemente.

— Eis-me aqui! Em lugar do telegrama! — estourou, afinal, a avó, rompendo o silêncio. — Não me esperavam, hein?

— Antonida Vassílievna... titia... mas de que maneira... — balbuciou o desgraçado general. Se a avó tivesse permanecido calada por mais alguns segundos, ele teria tido um faniquito.

— Como assim: de que maneira? De trem. Para que serve a estrada de ferro? Vocês todos pensavam: já estiquei as pernas e deixei a herança? Bem sei como mandavas os teus telegramas. Gastaste com eles um dinheirão, suponho. É caro mandar telegramas daqui. E eu peguei a minha trouxa e vim para cá. É aquele mesmo francês? Monsieur Des Grieux, exato?

— *Oui, madame* — respondeu Des Grieux —, *et croyez, je suis si enchanté... votre santé... c'est un miracle... vous voir ici, une surprise charmante...*[8]

— Pois é, *charmante*; eu te conheço, seu palhaço, e não acredito em ti um tantinho! — a avó lhe mostrou o seu dedo mínimo. — Quem é essa? — perguntou,

---

[8] Sim, senhora (...) e acredite, estou tão encantado... sua saúde... é um milagre... vê-la aqui, uma surpresa admirável.

apontando para Mademoiselle Blanche. A vistosa francesa, de amazona e com um chicote na mão, havia-a obviamente impressionado. — É daqui, não é?

— É Mademoiselle Blanche de Cominges, e essa é a mãe dela, Madame de Cominges; elas moram neste hotel — expliquei.

— A filha é casada? — indagou a avó, sem cerimônias.

— Mademoiselle de Cominges é solteira — respondi com o maior respeito e, propositalmente, a meia-voz.

— Alegre?

De início, não entendi a pergunta.

— Não é maçante? Entende o russo? Olha Des Grieux: quando estava conosco em Moscou, aprendeu um pouquinho de nosso bê-á-bá.

Expliquei-lhe que Mademoiselle de Cominges jamais visitara a Rússia.

— *Bonjour!*[9] — disse a avó, dirigindo-se bruscamente a Mademoiselle Blanche.

— *Bonjour, madame* — Mademoiselle Blanche fez uma reverência elegante e cerimoniosa, manifestando, com toda a expressão facial e corporal, o assombro causado pela estranha abordagem e tentando disfarçá-lo com humildade e amabilidade fora do comum.

— Oh, abaixou os olhinhos, quanta denguice; está na cara que é uma atriz. Hospedei-me neste hotel, logo embaixo — de chofre, a avó se dirigiu ao general —, serei tua vizinha. Estás contente, não estás?

— Oh, titia! Acredite nos francos sentimentos... de minha satisfação — exclamou o general. Tinha-se parcialmente recuperado, e, como sabia, em tais ocasiões,

---

[9] Bom-dia!

falar bem, isto é, com imponência e pretensão de produzir certo efeito, lançou mão de sua eloquência. — Andávamos tão aflitos e preocupados com as notícias sobre a sua enfermidade... recebíamos telegramas tão desesperadores, e de repente...

— Mentira, mentira! — de pronto interrompeu a avó.

— Mas como — o general também se apressou a interrompê-la em voz alta, procurando desperceber o termo "mentira" — como foi que a senhora se decidiu por essa viagem? Reconheça que, com sua idade e sua saúde... tudo isso é, no mínimo, tão inesperado que daria para compreender a nossa admiração. Mas eu estou tão feliz... e nós todos (ele começou a sorrir, enternecido e exaltado) faremos de tudo para transformar a sua temporada aqui no mais agradável dos passatempos...

— Bem, chega de falatório; tagarelaste como sempre... eu mesma sei viver. Aliás, não me afasto de vocês, não lembro o mal. De que maneira, perguntas? Mas isso não tem nada de espantoso! Da maneira mais simples. E por que todo mundo ficou admirado? Bom dia, Praskóvia. O que estás fazendo aí?

— Bom dia, avó — disse Polina, aproximando-se dela. — Faz tempo que está viajando?

— Pois essa aí fez a pergunta mais inteligente de todas, em vez desses ais! Vê se me entendes: estava deitada, prostrada; tratavam-me, torturavam-me, e eu pus os doutores fora e chamei o sacristão de São Nicolau. É que ele tinha curado uma mulher da mesma doença, com pó de feno. Ajudou-me também: no terceiro dia fiquei toda suada e levantei-me. Depois meus alemães se reuniram de novo, botaram os óculos e começaram a deliberar: "Se a senhora fosse agora ao estrangeiro e fizesse seu tratamento num balneário, todos os males acabariam de vez". E por que não, eu penso? Os Dur-Zajíguin ficaram choramingando: "A senhora não vai lá, não!". Que nada! Num dia só arrumei as malas e, sexta-feira passada, peguei a moça e Potápytch, e Fiódor, o lacaio, mas despedi-o, aquele Fiódor, em Berlim, porque vi que não precisava nem um pouco dele: até sozinha viria para cá... viajo num vagão especial, e em todas as estações há carregadores — iam levar-me, por vinte copeques,[10] aonde quisesse. Mas que aposentos enormes vocês alugam! — concluiu ela, olhando em redor. — Com que dinheiro, hein, meu querido? Todos os teus bens estão penhorados, não estão? Só àquele francesinho deves uma dinheirama! Eu sei tudo, ouviste, tudo!

— Eu, titia... — começou o general, todo confuso —, estou admirado, titia... parece-me que posso, eu mesmo, sem o controle de quem quer que seja... meus gastos não ultrapassam, por sinal, meus haveres, e nós, por aqui...

— Não ultrapassam, dizes?! Já roubaste, quiçá, tudinho dos filhos, seu tutor!

— Depois disso, depois dessas palavras... — desandou o general com indignação — não sei mesmo...

— Sabes, sim! Não sais de perto da roleta, com certeza? Quebraste de todo?

O general ficou tão revoltado que por pouco não se afogou na maré de seus sentimentos tumultuosos.

— Na roleta? Eu? Com minha significância... Eu? Recobre-se, titia: talvez esteja ainda indisposta...

— Mentira, mentira; por certo, não arredas o pé dali; é tudo mentira! Eu vou ver, hoje mesmo, que roleta é

[10] Moeda russa, centésima parte do rublo.

aquela. Conta-me, Praskóvia, o que há de interessante para visitar, e Alexei Ivânovitch também vai mostrar esses lugares, e tu, Potápytch, anota-os todos. O que visitam aqui? — subitamente ela voltou a conversar com Polina.

— Há ruínas de um castelo, aqui perto, e o Schlangenberg.

— O que será esse Schlangenberg? Um bosque?

— Não é bosque, não. É uma montanha; há um *point* lá...

— Mas que *point*?

— O ponto mais alto da montanha, todo cercado. A vista de lá é incomparável.

— Levar minha poltrona para a montanha? Será que conseguem?

— Oh, carregadores não faltam — respondi.

Nesse meio-tempo Fedóssia, nossa babá, veio cumprimentar a avó, trazendo os filhos do general.

— Chega de beijos, chega! Não gosto de beijocar as crianças: são todas melequentas. E tu, Fedóssia, como estás?

— Estou ótima, mas ótima, aqui, mãezinha Antonida Vassílievna — respondeu Fedóssia. — Como é que está a senhora? Ficamos todos sofrendo tanto.

— Sei, alma simplória. E esses aí, quem são, suas visitas? — a avó novamente abordou Polina. — Quem é esse pequenininho de óculos?

— O Príncipe Nílski, avó — segredou-lhe Polina.

— Ah, é russo? Achava que não fosse entender! Talvez não tivesse ouvido! Já vi Mister Astley. Ei-lo de novo — avistou-o a avó. — Bom dia! — dirigiu-se, de supetão, a ele.

Mister Astley cumprimentou-a sem uma palavra.

— O que o senhor me dirá de bom? Diga alguma coisa! Traduz para ele, Polina.

Polina traduziu.

— Tenho muito prazer em ver a senhora, e estou alegre de vê-la com boa saúde — respondeu Mister Astley, sério, mas todo prestativo. A frase foi traduzida para a avó e aparentemente lhe agradou em cheio.

— Como os ingleses sempre falam bem — observou ela. — Não sei por que sempre gostei de ingleses, nem se comparam aos francesinhos! Venha visitar-me — dirigiu-se outra vez a Mister Astley. — Procurarei não o incomodar por demais. Traduz isso para ele e diz que estou aqui embaixo, sim, aqui embaixo, está ouvindo, embaixo, embaixo — repetiu ela, voltando o dedo para baixo.

O convite deixou Mister Astley excepcionalmente contente.

A avó examinou Polina da cabeça aos pés com o seu olhar atento e satisfeito.

— Ia gostar de ti, Praskóvia — disse inesperadamente —, tu és uma boa moça, melhor que eles todos, mas esse teu caráter é... aliás, o meu caráter também. Vira-te um pouco, o que é isso, no teu cabelo, um aplique?

— Não, avó, o cabelo é todo meu.

— Ótimo; não gosto dessas estúpidas modas de hoje. És muito bonita. Se eu fosse um cavalheiro, ia apaixonar-me por ti. Por que não te casas? Bem, está na hora. Quero passear um pouco, depois daqueles vagões... E tu, ainda estás com raiva? — perguntou ela ao general.

— Claro que não, titia, chega disso! — exclamou o general, reanimado. — Entendo bem, na sua idade...

— *Cette vieille est tombée en enfance*[11] — disse-me Des Grieux em voz baixa.

— Quero ver tudo por aqui. Deixas Alexei Ivânovitch ir comigo? — continuava a avó a falar com o general.

— Oh, como a senhora quiser, mas eu também... e Polina e Monsieur Des Grieux... todos nós teremos o prazer de acompanhá-la...

— Mas, *madame, cela sera un plaisir*[12] — acudiu Des Grieux com um sorriso encantador.

— Pois é, *plaisir*. Fazes-me rir, queridinho. Aliás, não te darei dinheiro — acrescentou ela, falando com o general. — Bom, agora vamos para os meus aposentos: preciso vê-los, antes de ir passear. Levantem-me, pois.

Levantaram de novo a avó, e todos foram juntos pela escada, seguindo a sua poltrona. O general ia como que atordoado por uma paulada. Des Grieux cogitava alguma coisa. Mademoiselle Blanche queria ficar, mas depois resolveu acompanhar todo mundo. O príncipe desceu logo atrás dela, e lá em cima, no apartamento do general, ficaram apenas o alemão e Madame *veuve* Cominges.

Capítulo 10

Nos balneários — e, parece, por toda a Europa — os gerentes dos hotéis dão menos atenção às exigências e preferências dos viajantes que estão à procura dos aposentos do que à sua própria visão deles, e, note-se,

---

[11] Essa velha voltou à infância.
[12] Mas, senhora, será um prazer.

raramente se enganam. Mas à avó, não se sabe por que razão, foi oferecido um apartamento rico em demasia: quatro cômodos luxuosamente mobiliados, com um quarto de banho, umas peças para a criadagem, um quarto especial para a dama de companhia, *et cetera* e tal. Uma *grande duchesse* realmente se hospedara nesses aposentos, uma semana antes, sendo esse fato comunicado de imediato aos novos clientes para aumentar o preço do aluguel. Foram levando, ou melhor, carregando a avó através de todos os cômodos, e ela examinou-os com atenção e severidade. O gerente, um homem já idoso, calvo, acompanhou-a, com todo o respeito, nessa primeira vistoria.

Não sei por quem todos eles tomavam a avó, mas parece-me que por uma pessoa muito importante e, antes de tudo, riquíssima. Registraram-na logo — *Madame la générale princesse de Tarassevitcheva*[1] —, conquanto ela nunca tivesse sido princesa. A própria domesticidade, o compartimento especial do vagão, aquele monte de baús, malas e mesmo arcas desnecessárias, que a avó trouxera, deram provavelmente início ao seu prestígio; a poltrona, o tom brusco e a voz da avó, as perguntas excêntricas que ela fazia sem se constranger nem admitir nenhuma objeção, numa palavra, toda a sua aparência — reta, ríspida e imperiosa — aumentava a veneração universal que a rodeava. Examinando os aposentos, a avó mandava, vez por outra, parar a poltrona, apontava para alguma parte da mobília e dirigia perguntas inesperadas ao gerente, o qual sorria amavelmente, mas já começava a sentir medo. A avó fazia suas indagações em francês,

---

[1] Senhora generala princesa de Tarassêvitcheva.

idioma que falava, de resto, bastante mal, de modo que em regra eu traduzia. As respostas do gerente não lhe agradavam, parecendo, em sua maioria, insatisfatórias. Aliás, as perguntas dela não vinham ao caso e referiam-se a Deus sabe que assuntos. Por exemplo, ela parou, de repente, em face de uma pintura, cópia bastante fraca de uma notória representação de certo tema mitológico.

— De quem é o retrato?

O gerente declarou que devia ser o de alguma condessa.

— Como é que não sabes? Moras neste lugar e não sabes. Por que ele está aqui? Por que os olhos são vesgos?

Incapaz de responder satisfatoriamente a todas essas perguntas, o gerente ficou embaraçado.

— Mas que palerma! — replicou a avó em russo.

Levaram-na adiante. A mesma história se deu com uma estatueta da Saxônia[2] que a avó examinou por muito tempo e depois mandou levar embora, não se sabe por que motivo. Começou, afinal, a interrogar o gerente: quanto custavam as alcatifas do quarto e onde tinham sido tecidas? O gerente prometeu informar-se acerca disso.

— Mas que burros! — resmungava a avó, dirigindo toda a sua atenção para a cama.

— Que magnífico baldaquim! Desdobrem-no.

A cama ficou aberta.

— Desdobrem mais, abram de todo. Tirem as almofadas e fronhas, levantem o colchão.

Tudo foi revirado. A avó olhava atentamente.

— Ainda bem que não há percevejos. Tirem todos os lençóis! Coloquem as minhas roupas e almofadas.

---

[2] Região alemã, cuja capital é Dresden.

Contudo, para mim, velha que mora sozinha, tudo isso é luxuoso demais; um apartamento assim entedia. Alexei Ivânovitch, vem visitar-me mais vezes, quando terminares de ensinar as crianças.

— Desde ontem não trabalho mais para o general — respondi — e moro no hotel por minha própria conta.

— Por que será?

— Um ilustre barão alemão veio, um dia destes, de Berlim com a baronesa, sua esposa. Ontem, durante um passeio, eu falei com ele, em alemão, mas sem respeitar a pronúncia berlinense.

— Bem, e daí?

— Ele considerou isso uma afoiteza e reclamou para o general, e o general me despediu, ontem mesmo.

— Então o xingaste, aquele barão, foi isso? (Mesmo que tivesse xingado, não seria lá grande coisa!)

— Oh, não. Pelo contrário, foi o barão quem me ameaçou com sua bengala.

— E tu, moleirão, deixaste tratar desse jeito o teu preceptor — subitamente a avó se dirigiu ao general —, e, ainda por cima, despediste-o! Borra-botas, todos vocês são borra-botas, pelo que vejo.

— Não se preocupe, titia — retrucou o general com certa mistura de altivez e familiaridade —, eu mesmo sei cuidar de meus negócios. Além do mais, Alexei Ivânovitch não lhe contou direitinho o caso.

— E tu suportaste aquilo? — dirigiu-se ela a mim.

— Queria desafiar o barão para um duelo — respondi com a maior calma e humildade —, mas o general impediu.

— Por que impediste? — a avó tornou a interrogar o general. (E tu, meu querido, vai embora. Virás, quando te chamarem — disse ela também ao gerente —, não precisas ficar aí de boca aberta. Detesto esse focinho de Nuremberg!) O gerente se despediu e foi embora, por certo sem ter entendido o elogio da avó.

— Desculpe, titia, mas serão os duelos possíveis? — rebateu o general com uma risada.

— E por que não? Todos os homens são galos, portanto têm de brigar. Pelo que vejo, vocês todos são borra-botas — não sabem defender sua pátria. Bem, levantem-me! Potápytch, diz que quero sempre dois carregadores à minha disposição, arranja-os e contrata. Bastam só dois. Vão carregar-me somente pelas escadas, e na rua, onde o caminho for liso, vão empurrar a poltrona; diz assim para eles e paga adiantado para que tenham mais respeito. Tu mesmo sempre me acompanharás, e tu, Alexei Ivânovitch, mostra-me, quando formos passear, o barão: que Von-barão é aquele, queria ver. Pois bem, onde é a tal de roleta?

Expliquei-lhe que as roletas se encontravam nas salas do cassino. Sucederam-se as perguntas: são muitas? há muitos jogadores? jogam o dia inteiro? como as roletas funcionam? Eu respondi, por fim, que o melhor era ver o cassino com os próprios olhos, sendo bastante difícil descrevê-lo.

— Então me levem direto lá! Vai na frente, Alexei Ivânovitch!

— Como, titia, será que a senhora nem descansará da viagem? — perguntou o solícito general. Ficara um pouco agitado; aliás, todos eles haviam começado a entreolhar-se, um tanto confusos. A perspectiva de acompanharem a avó ao cassino, onde ela decerto poderia fazer algumas extravagâncias em público, causava-lhes constrangimento e até mesmo vergonha. Entretanto, todos eles se tinham oferecido para acompanhá-la.

— Por que iria descansar? Não estou cansada; ainda por cima, passei cinco dias sentada. Depois vamos ver quais são as fontes e termas daqui, e onde ficam. E depois... como foi que disseste, Praskóvia, o *point*, não é?

— Sim, avó, o *point*.

— Bem, que seja o *point*. E o que mais há por aqui?

— Há muitas coisas, avó — respondeu Polina com certa dificuldade.

— É que tu mesma não sabes! Marfa, também vais comigo — disse a avó à sua criada.

— Ela não precisa ir, não, titia! — de chofre, o general ficou preocupado. — E, afinal de contas, isso é proibido; duvido que Potápytch também possa entrar no cassino.

— Mas que bobagem! Deixá-la fora por ser criada? Também é um ser vivo; faz uma semana que estamos na estrada, ela também quer ver umas coisinhas. Quem a levará, se não for eu? Sozinha nem ousará botar o nariz para fora de casa.

— Mas, avó...

— Terás vergonha de mim, hein, queridinho? Então fica em casa, não te perguntam. Vejam só que general é ele; eu mesma sou generala. E por que ia querer que esse rabo todo rastejasse atrás, não é mesmo? Basta-me só Alexei Ivânovitch para visitar tudo...

Porém Des Grieux insistiu resolutamente que todos fossem com ela e lançou mão das frases mais gentis sobre o deleite de acompanhá-la e assim por diante. Foi todo mundo.

— *Elle est tombée en enfance* — repetia Des Grieux para o general —, *seule elle fera des bêtises...*[3] Não ouvi o

[3] Ela voltou à infância (...), sozinha, fará besteiras...

restante, mas era óbvio que ele tinha certas intenções, e que as esperanças talvez lhe voltassem.

O cassino ficava a meia *versta* de distância. Nosso caminho passava pela alameda das castanheiras, até o jardim que precisávamos contornar para entrar direto no cassino. O general se acalmara um pouco, pois o nosso desfile, embora assaz extravagante, era ainda assim decente e cerimonioso. E não havia nada surpreendente no fato de uma pessoa enferma e debilitada, sem pernas, ter aparecido no balneário. Mas, pelo visto, o general temia o cassino: por que essa pessoa doente, sem pernas e, para completar, uma velhinha, iria para a roleta? Polina e Mademoiselle Blanche iam de ambos os lados da poltrona que rodava. Mademoiselle Blanche ria, estava modestamente alegre e, vez por outra, chegava a bajular a avó com muita amabilidade, tanto assim que esta acabou por elogiá-la. Polina, do outro lado, via-se obrigada a responder às incontáveis perguntas que a avó fazia a cada minuto, tais como: quem foi esse que passou a pé? quem foi aquela que passou de carruagem? a cidade é grande? o jardim é grande? quais são essas árvores? quais são aquelas montanhas? as águias voam por aqui? qual é aquele telhado engraçado? Mister Astley, que me seguia, disse em voz baixa que esperava por muita coisa nessa manhã. Potápytch e Marfa iam logo atrás da poltrona: Potápytch com sua casaca e gravata branca, mas de boné, e Marfa — uma moça de quarenta anos, corada, mas de cabelo já levemente grisalho — de touquinha, vestido de chita e botins rangentes de pele de bode. A avó se virava, volta e meia, para os criados e falava com eles. Des Grieux e o general vinham um pouco atrasados e conversavam sobre algo com imenso ardor. O general estava muito triste; Des Grieux falava todo resoluto. Talvez estivesse animando o general, dando-lhe, aparentemente, alguns conselhos. Contudo a avó já proferira, há pouco tempo, a frase fatal: "Não te darei dinheiro". Des Grieux podia achar essa notícia incrível, mas o general conhecia a sua titia. Eu vi Des Grieux e Mademoiselle Blanche trocarem piscadelas. Avistei o príncipe e o viajante alemão no fim da alameda: eles tinham ficado para trás e afastavam-se de nós.

Chegamos ao cassino triunfalmente. O porteiro e os lacaios manifestaram a mesma cortesia dos hoteleiros. No entanto, olhavam para nós com curiosidade. Primeiro a avó mandou que a levassem através de todas as salas; elogiou umas coisas, tratou as outras com absoluta indiferença, mas indagou a respeito de tudo. Entramos, enfim, nas salas de jogo. O lacaio, que estava de sentinela às portas trancadas, abriu-as de par em par, como que assombrado.

O aparecimento da avó perto da roleta causou uma forte impressão ao público. Ao redor das mesas de roleta e na outra extremidade da sala, onde ficava a mesa do *trente et quarante*, havia uma multidão de cento e cinquenta ou, talvez, duzentos jogadores, dispostos em várias fileiras. Aqueles que tinham conseguido aproximar-se, aos empurrões, da mesa, não saíam dali e, de ordinário, seguravam firme seus lugares até perderem as apostas, porquanto os simples espectadores eram proibidos de ocupar à toa o espaço de jogo. Ainda que haja cadeiras em volta da mesa, poucos jogadores se sentam, sobretudo com grande afluxo de público, porque, ficando de pé, eles podem arranjar um lugar melhor nesse aperto todo e apostar, por consequência, com mais facilidade. A segunda e a terceira fileiras reuniam-se detrás da primeira, à espera de sua vez, mas, tomadas de impaciência, passavam repetidamente as mãos pela primeira fileira, a fim de fazerem apostas. Até os jogadores da terceira fileira conseguiam apostar dessa forma; portanto não decorriam dez ou mesmo cinco minutos sem que estourasse, numa das pontas da mesa, alguma "história" relativa às apostas polêmicas. Aliás, a polícia do cassino é bastante boa. Decerto não há modo de evitar o aperto; pelo contrário, o cassino fica contente com o afluxo de jogadores, porque isso é proveitoso, e, de mais a mais, oito *croupiers* sentados em volta da mesa não despregam os olhos das apostas, fazem as contas e resolvem, eles mesmos, as discussões que ocorrem. Em casos extremos chamam a polícia, e a rixa acaba num instante. Os policiais à paisana encontram-se na mesma sala, entre os espectadores, de maneira que não se possa reconhecê-los. Espiam, em particular, os gatunos e vigaristas, que são bem numerosos ao lado das roletas, devido à extraordinária comodidade do seu negócio. De fato, em qualquer outro local o furto tem a ver com o bolso e o cadeado, sendo o desfecho, em caso de má sorte, muito complicado. E aqui basta simplesmente chegar perto da roleta, começar o jogo e, de repente, às escâncaras, pegar o ganho de outrem e colocá-lo no próprio bolso; se houver uma discussão, o trapaceiro insistirá, alto e bom som, que a aposta é dele. Com o negócio benfeito e as testemunhas a hesitarem, o ladrão consegue, frequentemente, tomar o dinheiro para si, a menos que a quantia seja considerável. Neste caso, os *croupiers* ou algum dos demais jogadores reparam nela, com toda a certeza, desde o início. Mas se a quantia não for tão grande assim, seu verdadeiro dono até se recusa, por vezes, a continuar a contenda, envergonhado com o escândalo, e retira-se. Afinal, caso o ladrão acabe desmascarado, levam-no, de imediato, embora com escarcéu.

A avó observava tudo isso de longe, com uma curiosidade selvagem. Ela gostara muito de ver os gatunos conduzidos para fora. O *trente et quarante* suscitara-lhe pouco interesse; tinha gostado mais da roleta e da bolinha rodando. Por fim, ela quis examinar o jogo de perto. Não entendo como aquilo aconteceu, mas os lacaios e alguns outros agentes azafamados (principalmente os polacos que tinham falido e agora impunham seus serviços aos jogadores felizes e a todos os estrangeiros em geral) logo arranjaram e desocuparam um lugarzinho para a avó — não obstante todo o aperto, bem no centro da mesa, ao lado do *croupier* mor! — e instalaram ali a sua poltrona. Muitos visitantes, que não jogavam, mas observavam o jogo (principalmente os ingleses com suas famílias), começaram a aproximar-se da mesa para ver a avó no meio dos jogadores. Muitos lornhões se voltaram em sua direção. Os *croupiers* ficaram esperançosos: tal jogador excêntrico como que prometia algo insólito. Uma mulher de setenta anos, sem pernas e ansiosa por jogar — este caso, por certo, era inabitual. Eu também vim, aos empurrões, até a mesa e acomodei-me junto da avó. Potápytch e Marfa tinham ficado algures bem longe, no meio do povo. O general, Polina, Des Grieux e Mademoiselle Blanche também se mantinham de lado, entre os espectadores.

De início, a avó se pôs a examinar os jogadores. Suas perguntas, feitas a meia-voz, eram bruscas e entrecortadas: quem é esse? quem é aquela? Em especial, ela tinha gostado de um homem muito novo que fazia, na ponta da mesa, um jogo bem grande e, apostando milhares, teria ganho, segundo se cochichava arredor, cerca de quarenta mil francos, os quais formavam na sua frente uma pilha de ouro e notas bancárias. Ele estava pálido; seus olhos brilhavam e suas mãos tremiam; já ia apostando sem nenhum cálculo, tanto quanto a mão apanhasse, e todavia continuava a ganhar, a amontoar dinheiro. Os lacaios se agitavam à sua volta, ofereciam-lhe as poltronas, desocupavam o espaço para ele se sentir mais à vontade, para que os outros não o apertassem, e tudo isso na expectativa de uma gratificação generosa. Dentre os ganhadores, há quem lhes dê, de tanta alegria, qualquer dinheiro, às vezes, o quanto a mão tire do bolso. Ao lado daquele jovem já se acomodara um polaco tomado de extrema excitação que lhe cochichava, respeitosa, mas incessantemente, alguma coisa, decerto ensinando a apostar, dando conselhos e dirigindo o jogo. Estava, sem dúvida, à espera da futura recompensa, mas o jogador quase não olhava para ele, apostava a esmo e amontoava dinheiro. Parecia ter perdido a cabeça.

A avó observou-o durante alguns minutos.

— Diz para ele — de súbito, ela também ficou agitada —, diz para ele que largue o jogo, pegue depressa o dinheiro e vá embora. Vai perder, já, já, vai perder tudo! — disse, empurrando-me e quase se sufocando de emoção. — Onde está Potápytch? Manda Potápytch falar com ele! Diz-lhe, diz logo — a avó não cessava de empurrar-me —, enfim, onde está Potápytch?! *Sortez, sortez!*[4] — começou a gritar para o jovem. — Inclinei-me

[4] Saia, saia!

e disse, resoluto, ao seu ouvido que não se podia gritar dessa maneira no cassino nem mesmo conversar em voz alta, pois isso atrapalhava os cálculos, e que nós dois acabaríamos expulsos.

— Que pena! O homem está perdido, então ele mesmo quer... nem posso olhar para ele, que se reviram as tripas. Que bobalhão! — e a avó se voltou depressa para o lado oposto.

Lá, à esquerda, na outra metade da mesa, destacavam-se entre os jogadores uma jovem dama e um anão perto dela. Quem era aquele anão — um parente ou apenas alguém que ela trazia para impressionar — eu não sei. Tinha-a visto antes: ela chegava à mesa de jogo todos os dias, à uma da tarde, e se retirava às duas horas em ponto, jogando durante uma hora. Os lacaios já a conheciam e logo lhe ofereciam as poltronas. Ela tirava do bolso umas moedas de ouro, umas notas de mil francos e começava a apostar com cautela e sangue-frio, calculando, anotando os números a lápis num papelzinho e tentando achar o sistema segundo o qual as chances se agrupavam em determinado momento. Suas apostas eram consideráveis. Cada dia ganhava um, dois ou, quando muito, três mil francos, só isso, e, assim que ganhava, ia embora. A avó examinou-a por muito tempo.

— Pois aquela ali não vai perder, de jeito nenhum! Ela é de onde? Não sabes? Quem é ela?

— Deve ser uma francesa daquelas — respondi eu, baixinho.

— Ah, pelo voo é que se conhece a ave. Dá para ver que tem garras. Explica-me agora o que cada giro significa e como se aposta.

Expliquei à avó, na medida do possível, o significado das numerosas combinações de apostas, desses *rouge et noir, pair et impair, manque et passe,*[5] e, finalmente, diversos matizes do sistema numérico. A avó escutava com atenção, memorizava, perguntava de novo e aprendia. Cada sistema de apostas podia ser de pronto ilustrado com um exemplo, de modo que muita coisa era aprendida e decorada com bastante facilidade e rapidez. A avó ficou toda contente.

— E o que é o zero? Aquele *croupier* de cabelo crespo, o chefe, acabou de gritar "zero". E por que pegou tudo o que estava na mesa? Tomou todo aquele montão para ele? O que foi aquilo?

— O zero, avó, é o lucro da banca. Se a bolinha cair no zero, tudo o que for apostado na mesa passa a pertencer à banca por completo. Na verdade, há mais um lance formal, nesse caso, mas a banca, em compensação, não paga nada.

— Como é? E eu cá não ganho nada?

— Sim, avó: se a senhora tiver apostado no zero, pagar-lhe-ão, quando der o zero, trinta e cinco vezes o valor de sua aposta.

— Como assim, trinta e cinco vezes? E dá com frequência? Então por que esses bobos não apostam?

— Há trinta e seis chances contra, avó.

— Que bobagem! Potápytch! Potápytch! Espera, eu também tenho dinheiro, ei-lo aqui! — Ela tirou do bolso um porta-moedas atulhado e pegou um frederico. — Toma e vai apostar no zero.

---

[5] Vermelha e preta, par e ímpar, falta e sobra.

— Avó, o zero acabou de dar — disse eu —, isso significa que não dará mais por horas. A senhora perderá; espere, pelo menos, um pouco.

— Tudo conversa; vai apostar!

— Está bem, mas ele talvez não dê até a noite, nem que aposte mil vezes... Isso já tem acontecido.

— Bobagem, bobagem! Quem teme os lobos não vai à floresta. O quê? Perdeste? Aposta de novo!

Perdemos o segundo frederico e apostamos o terceiro. A avó mal aguentava sentada, cravando os olhos fúlgidos na bolinha que saltitava pelas mossas da roda girante. Perdemos o terceiro. A avó estava fora de si, não conseguia ficar parada no mesmo lugar, dando, inclusive, um murro na mesa, quando o *croupier* anunciou *trente-six*[6] em vez do esperado "zero".

— Eta, diacho! — zangava-se a avó. — Será que esse zerinho danado vai demorar muito? Nem que eu morra, aguentarei até o zero sair! É aquele maldito croupierzinho de cabelo encaracolado que não sabe jogar, tudo é por causa dele! Alexei Ivânovitch, aposta dois fredericos de vez! Apostando pouco, não vamos ganhar nada, mesmo que dê o zero.

— Avó!

— Aposta, aposta! Não são teus.

Apostei dois fredericos. A bolinha ficou muito tempo percorrendo a roda e, afinal, começou a saltitar pelas mossas. Imóvel, a avó apertou minha mão, e de repente — catrapus!

— Zero — anunciou o *croupier*.

---

[6] Trinta e seis.

— Vês, vês? — a avó se virou depressa para mim, toda contente e radiante. — Bem que disse, bem que te disse! Foi nosso Senhor que me sugeriu apostar dois fredericos. Bem, quanto é que vou receber agora? Por que não entregam? Potápytch, Marfa, onde estão eles? E todos os nossos, aonde foram? Potápytch, Potápytch!

— Depois, avó — cochichava eu. — Potápytch está perto da porta, não o deixarão vir para cá. Olhe, avó, receba: entregam-lhe o dinheiro! — Passaram à avó um pesado pacote de papel azul, que continha cinquenta fredericos, e acrescentaram vinte fredericos sem embrulho. Puxei tudo isso, com um rodinho, para o lado da avó.

— *Faites le jeu, messieurs! Faites le jeu, messieurs! Rien ne va plus?*[7] — bradava o *croupier*, convidando a apostar e preparando-se para girar a roleta.

— Tarde demais, meu Deus, já vai rodar! Aposta, aposta! — alvoroçou-se a avó. — Rápido, rápido! — ao cabo da paciência, ela me empurrava com todas as forças.

— Mas como apostar, avó?

— No zero, no zero, de novo no zero! Aposta a maior quantia possível! Quanto a gente tem aí? Setenta fredericos? Não tenhas dó deles, aposta vinte fredericos de uma vez.

— Pense bem, avó! Acontece que ele não dá duzentas vezes seguidas! Asseguro-lhe que perderá todo o cabedal.

— Mentira, mentira! Aposta! Deixa de soltar a língua! Eu sei o que faço — tomada de frenesi, a avó começou a tremer.

---

[7] Façam o jogo, senhores! Façam o jogo, senhores! Não há mais apostas?

— As regras proíbem apostar no zero mais de doze fredericos de uma vez, avó. Pois olhe, já apostei.

— Como assim: proíbem? Não estarás mentindo? *M'sieur, m'sieur!* — empurrou ela o *croupier* sentado à sua esquerda, o qual se preparava para girar a roleta. — *Combien zéro: douze, douze?*[8]

Apressei-me a explicar sua pergunta em francês.

— *Oui, madame*[9] — confirmou polidamente o *croupier* —, assim como toda aposta unitária não deve ultrapassar, segundo as regras, quatro mil florins — esclareceu adicionalmente.

— Bem, fazer o que? Aposta doze.

— *Le jeu est fait!*[10] — gritou o *croupier*. A roda girou, e deu o número treze. Perdemos!

— Mais, mais, mais! Aposta mais! — vociferava a avó. Deixei de contradizê-la e, dando de ombros, apostei mais doze fredericos. A roda girou muito tempo. A avó estava trêmula de acompanhá-la. "Será que ela realmente espera ganhar outra vez o zero?" — pensei, fitando-a com admiração. Uma certeza absoluta do ganho iluminava o rosto dela, a convicção de que iam gritar sem falta: zero! A bolinha parou numa casa.

— Zero! — gritou o *croupier*.

— Hein?! — a avó se dirigiu a mim com um júbilo exultante.

Eu mesmo era um jogador; senti-o nesse exato momento. As minhas mãos e pernas tremiam, o frenesi subiu à cabeça. Sem dúvida, era um caso raro o zero

---

[8] Quanto é o zero: doze, doze?
[9] Sim, senhora...
[10] O jogo está feito!

dar três vezes em dez lances, porém não havia nele nada de especialmente assombroso. Testemunhara, três dias antes, o zero dar três vezes *consecutivas* e um dos jogadores, que se empenhava em anotar os lances num papelzinho, dizer em voz alta que, durante todo o dia anterior, aquele mesmo zero tinha dado uma vez só.

Dona do maior ganho, a avó foi atendida com atenção e respeito particulares. Ela ia receber quatrocentos e vinte fredericos, ou seja, quatro mil florins e vinte fredericos. Entregaram-lhe vinte fredericos em moedas de ouro e quatro mil em notas bancárias.

Dessa vez a avó não chamava Potápytch; estava cuidando de outra coisa. Nem mesmo me empurrava, nem tremia externamente. Tremia, se me for permitida tal expressão, por dentro. Estava toda concentrada, como se alvejasse alguma coisa:

— Alexei Ivânovitch, ele disse que se podia apostar só quatro mil florins de uma vez? Vem, pega; aposta todos esses quatro mil na vermelha — resolveu a avó.

Não adiantaria dissuadi-la. A roda ficou girando.

— *Rouge!*[11] — anunciou o *croupier*.

Mais um ganho de quatro mil florins, isto é, oito mil no total.

— Dá-me aí quatro mil, e os outros quatro aposta de novo na vermelha — mandava a avó.

Voltei a apostar quatro mil.

— *Rouge!* — voltou a anunciar o *croupier*.

— No total, doze mil! Dá-me todo o dinheiro. Põe o ouro aqui, no porta-moedas, e esconde as notas. Basta! Para casa! Empurrem a minha poltrona!

---

[11] Vermelha!

A poltrona foi empurrada para a outra extremidade da sala, em direção às portas. A avó estava radiante. Todos os nossos se reuniram ao seu redor para felicitá-la. Por mais excêntrico que fosse o comportamento da avó, o seu triunfo compensava muita coisa, e o general não tinha mais medo de que o parentesco com uma mulher tão estranha assim viesse comprometê-lo em público. Com um sorriso complacente, familiar e alegre, ele parabenizava a avó como quem divertisse uma criança. De resto, estava visivelmente pasmado, bem como todos os espectadores que apontavam para a avó e falavam dela. Muitos se aproximavam para examiná-la de perto. Mister Astley conversava sobre ela, de lado, com dois ingleses conhecidos. Algumas soberbas damas miravam-na feito um milagre, com um espanto assoberbado. Des Grieux irradiava parabéns e sorrisos.

— *Quelle victoire!*[1] — dizia ele.

— *Mais, madame, c'était du feu!*[2] — acrescentou Mademoiselle Blanche com o seu sorriso bajulador.

— Pois é, ganhei desse jeito doze mil florins! Que doze, e o ouro? Contando o ouro, serão quase treze. Quanto é em nossa moeda? Uns seis mil, não é?

Comuniquei-lhe que o valor ultrapassava sete mil rublos, chegando, conforme a cotação em curso, a oito mil.

— Oito mil, hein?! E vocês ficam lá, borra-botas, sem fazer nada! Potápytch, Marfa, vocês viram?

---

[1] Que vitória!
[2] Mas, senhora, foi um estouro!

— Mãezinha, como foi que a senhora conseguiu? Oito mil rublos — exclamava, contorcendo-se, Marfa.

— Eis cinco fredericos para cada um, peguem!

Potápytch e Marfa acorreram para beijar-lhe as mãos.

— Dão um frederico a cada carregador. Dá um frederico a cada um deles, Alexei Ivânovitch. Por que esse lacaio me cumprimenta, e o outro também? Estão parabenizando? Dá-lhes também um frederico a cada um.

— *Madame la princesse... un pauvre expatrié... malheur continuel... les princes russes sont si généreux*[3] — rondava a poltrona um sujeito bigodudo, de sobrecasaca surrada e colete versicolor, que tirara o boné e sorria com veneração...

— Dá-lhe também um frederico. Não, dá-lhe dois. Bem, chega; senão, eles nunca terminarão. Levantem-me, carreguem! Praskóvia — ela se dirigiu a Polina Alexândrovna —, amanhã vou comprar pano para te fazer um vestido, e para aquela mademoiselle — como se chama, Mademoiselle Blanche, não é? — para ela também vou comprar pano. Traduz para ela, Praskóvia!

— *Merci, madame*[4] — Mademoiselle Blanche fez uma reverência aduladora e trocou um jocoso sorriso, que lhe entortara a boca, com Des Grieux e o general. O general estava meio confuso e, quando chegamos à alameda, ficou extremamente alegre.

— Fedóssia, êta! como Fedóssia ficará surpresa, eu acho — dizia a avó, recordando-se da outra babá que conhecia na casa do general. — A ela também temos

---

[3] Senhora princesa... um pobre expatriado... desgraça contínua... os príncipes russos são tão generosos.

[4] Obrigada, senhora.

de presentear um pano. Ei, Alexei Ivânovitch, Alexei Ivânovitch, dá esmola àquele mendigo!

Um maltrapilho de dorso curvado passava pela estrada, olhando para nós.

— Talvez não seja mendigo, avó, mas um vagabundo qualquer.

— Dá, dá um florim para ele, dá!

Aproximei-me do maltrapilho e dei-lhe a esmola. Ele me examinou cheio de incompreensão, porém tomou o florim sem uma palavra. Estava cheirando a vinho.

— E tu, Alexei Ivânovitch, ainda não tentaste a sorte?

— Não, avó.

— Mas os teus olhos faiscavam, eu vi.

— Ainda vou tentar, avó, sem falta, mais tarde.

— E logo aposta no zero! Vais ver! Que cabedal é que tens?

— Apenas vinte fredericos, avó.

— Pouco. Dar-te-ei, se quiseres, cinquenta fredericos emprestados. Pega este pacote, e tu, meu querido, não esperes pelo dinheiro, que não te darei! — de súbito, a avó se dirigiu ao general.

Apesar de todo transtornado, este permaneceu em silêncio. Des Grieux carregou o cenho.

— *Que diable, c'est une terrible vieille!*[5] — disse ele, por entre os dentes, ao general.

— Mendigo, mendigo, mais um mendigo! — gritou a avó. — Alexei Ivânovitch, dá um florim para ele também.

Dessa vez encontramos um ancião grisalho, com perna de pau, que vestia uma comprida sobrecasaca azul e tinha na mão uma grande bengala. Parecia um velho

---

[5] Que diabo, é uma velha terrível!

soldado. Ele deu um passo para trás, quando lhe estendi um florim, e perpassou-me de um olhar ameaçador.

— *Was ist's der Teufel!*[6] — bradou, acrescentando uma dezena de outros palavrões.

— Que bobo! — gritou a avó, desistindo da sua intenção. — Levem-me adiante! Estou com fome! Agora vou almoçar, depois descansarei um pouquinho e voltarei para lá.

— A senhora quer jogar mais, avó? — perguntei.

— E tu achas como? Se vocês estão mofando aqui, eu vou fazer do mesmo jeito?

— *Mais, madame* — aproximou-se dela Des Grieux —, *les chances peuvent tourner, une seule mauvaise chance et vous perdrez tout... surtout avec votre jeu... c'était terrible!*[7]

— *Vous perdrez absolument*[8] — pôs-se a chilrear Mademoiselle Blanche.

— E o que vocês todos têm a ver com isso? Não é o seu dinheiro que vou perder, mas o meu! E onde está aquele Mister Astley? — perguntou-me.

— Ficou no cassino, avó.

— É pena: aquele é um homem bom.

Chegando ao hotel, a avó chamou o gerente, que encontrara logo na escada, para gabar-se de seu ganho, depois falou com Fedóssia, presenteou-a três fredericos e mandou servir o almoço. Fedóssia e Marfa não cessavam de elogiá-la à mesa.

— Olho para a senhora, mãezinha — tagarelava Marfa —, e digo para Potápytch: o que será que nossa

---

[6] Que diabo é esse! (em alemão).

[7] Mas, senhora (...) as chances podem mudar; uma só chance má e a senhora perderá tudo... sobretudo, com o seu jogo... isso foi terrível!

[8] A senhora perderá com certeza.

mãezinha quer fazer? E quanto dinheiro, lá na mesa, quanto dinheiro, gente! Em toda a minha vida não vi tanto dinheiro, e só tem senhoria arredor, só senhoria. De onde será, Potápytch, que vieram tantos senhores, digo? Ajude a ela, penso, a Mãe de Deus. Rezo pela senhora, mãezinha, e o meu coração está parando, está parando, e eu tremo, tremo todinha. Ajude a ela, Deus, penso, e eis que Deus a ajudou. Até agora, mãezinha, estou tremendo, estou tremendo todinha.

— Alexei Ivânovitch, depois do almoço, pelas quatro horas, prepara-te, vamos lá. E, por enquanto, adeus, e não te esqueças de mandar algum doutoreco vir visitar-me, que preciso beber essas águas. Senão, posso esquecer tudo!

Saí dos aposentos da avó como que entorpecido. Tentava imaginar o que aconteceria agora com todos os nossos e que rumo tomariam as coisas. Percebia claramente que eles (sobretudo, o general) ainda não haviam tido tempo para recuperar-se, nem mesmo da primeira impressão. O fato de a avó ter aparecido em vez do telegrama informando sobre a morte (e, por consequência, sobre a herança) dela, que se esperava a toda hora, esfacelou todo o sistema de intenções cogitadas e decisões tomadas a ponto de as proezas, que a avó fez, a seguir, na roleta, virem a suscitar-lhes, além da imensa perplexidade, uma espécie de pasmo universal. Entretanto, este segundo fato não era menos importante que o primeiro, porque, apesar de a avó ter repetido duas vezes que não daria dinheiro ao general, não se devia, quiçá, perder as esperanças. Ao menos, Des Grieux, envolvido em todos os negócios do general, não as perdera. Estou convencido de que

Mademoiselle Blanche, por sua parte muito interessada (é claro: tornar-se generala e receber grande herança!), tampouco as perderia, valendo-se de todas as artimanhas de sedução, em contraste com a rígida, orgulhosa e incapaz de adulações Polina. Mas agora, agora que a avó perpetrava tais feitos na roleta, agora que a personalidade dela se revelava tão clara e tipicamente (uma velha teimosa, despótica *et tombée en enfance*), agora tudo poderia ir por água abaixo: igual a uma criança, ela estava contente por ter conseguido o que cobiçava, indo, conforme acontecia de praxe, à completa ruína. "Senhor!", pensei (e, Deus me perdoe, com o riso mais maldoso), "Senhor, cada frederico recém-apostado pela avó ulcerava o coração do general, enfurecia Des Grieux e levava à loucura Mademoiselle de Cominges, vendo ela a colher passar diante da sua boca". Eis outro fato: mesmo quando a avó, alegre com o seu ganho, distribuía dinheiro a todo o mundo e tomava cada transeunte por um mendigo, mesmo nesse momento ela deixou escapar, dirigindo-se ao general: "Ainda assim não te darei dinheiro!". Isso significa que ela se apegou à sua ideia e, obstinada, fez a si mesma um juramento... Perigo, mas que perigo!

Todas essas reflexões rodavam em minha cabeça, enquanto eu subia a escada principal para o meu cubículo situado no último andar. Tudo isso me divertia muito; embora capaz de lobrigar, desde antes, os maiores fios que interligavam, na minha frente, os personagens, não tinha a visão definitiva de todos os meios e mistérios desse jogo. Polina jamais confiara plenamente em mim. Ainda que me abrisse, raras vezes e como que sem querer, o seu coração, reparei que frequente ou quase constantemente ela transformava todas as suas revelações numa brincadeira ou enredava o que dizia, dando àquilo, de propósito, um aspecto falso. Oh, ela me escondia muita coisa! Em todo caso, eu pressentia que o final desse estado misterioso e tenso estava por vir. Mais um golpe, e tudo será terminado e descoberto. Apesar de também interessado nisso tudo, quase não me preocupava com a própria sorte. Meu humor está esquisito: tenho apenas vinte fredericos no bolso, encontro-me no estrangeiro, sem emprego nem meios de subsistência, sem esperanças nem planos, mas não me preocupo com isso! Se não pensasse em Polina, entregar-me-ia simplesmente ao cômico interesse pelo futuro desfecho e riria a bandeiras despregadas. Contudo, Polina me deixa embaraçado; pressinto que o destino dela esteja sendo resolvido, mas, confesso contrito, ele não me aflige nem um pouco. Quero perscrutar os seus segredos, eu gostaria que ela viesse e dissesse: "É que eu te amo"; caso contrário, se tal desvario fosse impensável, então... o que mais desejaria então? Talvez nem saiba o que desejo... Estou para perder a cabeça; só quero ficar perto dela, dentro de sua auréola, de seu fulgor, para sempre, eternamente, por toda a minha vida. Fora isso, não sei de mais nada! Será que poderia deixá-la?

No terceiro andar, no corredor deles, tive a sensação de um empurrão. Virei-me e, a vinte passos ou mais, vi Polina sair do quarto. Ela devia ter esperado por mim, e logo acenou para que me aproximasse.

— Polina Alexândrovna...

— Fale baixo! — advertiu ela.

— Imagine só — disse-lhe cochichando —, como se algo me tivesse empurrado agorinha: viro-me e vejo você! Parece que está emitindo eletricidade!

— Tome esta carta — cochichou Polina, tristonha e preocupada, talvez sem ter ouvido as minhas palavras — e entregue-a, sem tardar, pessoalmente a Mister Astley. Depressa, eu lhe peço. Não espere pela resposta. Ele mesmo...

Ela não terminou a frase.

— A Mister Astley? — perguntei, surpreso.

Mas Polina já tinha voltado para o quarto.

— Ah, eles se correspondem! — Naturalmente, fui correndo procurar Mister Astley: primeiro em seu hotel, onde não o encontrei, depois no cassino, onde percorri todas as salas. Afinal, regressando a casa, contrariado e quase desesperado, vi-o, por mero acaso, passear a cavalo com um grupo de outros ingleses e inglesas. Fiz sinal de parar e entreguei-lhe a carta. Mal nos entreolhamos. Todavia, suspeito que Mister Astley tenha feito, propositalmente, o seu cavalo ir mais rápido.

Estaria atormentado pelos ciúmes? Sentia-me profundamente transtornado. Nem me apetecia saber o conteúdo dessa correspondência. Então ele é confidente dela! "É seu amigo", pensava eu, "isso é óbvio (quando foi que travaram tal amizade?), mas há amor entre eles?". "Claro que não", cochichava-me o juízo. Porém, o juízo em si, nesses casos, não basta. De qualquer modo, cumpria-me esclarecer aquilo também. Uma complicação desagradável havia surgido.

Tão logo entrei no hotel, o porteiro e o gerente, que saíra do seu escritório, comunicaram que me chamavam, procuravam — três vezes tinham mandado perguntar onde eu estava! — e pediam que fosse o mais depressa possível aos aposentos do general. Meu estado de espírito andava péssimo. No gabinete do general encontrei, além dele mesmo, Des Grieux e Mademoiselle Blanche, esta sozinha, sem a mãe. A mãe dela era decididamente uma testa de ferro usada só em ocasiões de gala; quando se tramava um *negócio* verdadeiro, Mademoiselle Blanche agia por conta própria. Na certa, a viúva sequer sabia dos negócios da dita filha.

A altercação deles era bem animada, e mesmo a porta do gabinete estava trancada, o que nunca acontecera antes. Acercando-me da porta, ouvi altos brados: a insolente e sarcástica conversa de Des Grieux, o descarado e furioso berro de Blanche e a deplorável voz do general que parecia defender-se. Minha chegada fez que todos eles se acalmassem um pouco. Des Grieux arrumou o cabelo, e o seu semblante encolerizado ficou sorridente: era aquele ruim sorriso francês de oficial deferência que tanto me desprazia. Abatido e desnorteado, o general se endireitou de modo algo maquinal. Apenas Mademoiselle Blanche, que faiscava de ira, quase não mudou de figura; calou-se tão só e cravou em mim seu olhar, numa expectativa impaciente. Note-se que até então ela me tratava com incrível desatenção, não respondendo, inclusive, aos meus cumprimentos: simplesmente não me enxergava.

— Alexei Ivânovitch — começou o general em tom de meigo reproche — deixe-me declarar que é estranho, extremamente estranho... numa palavra, seus atos em relação a mim e à minha família... numa palavra, é extremamente estranho...

— *Eh, ce n'est pas ça* — interrompeu-o Des Grieux com irritação e desprezo. (Sem dúvida, era ele o mandachuva!) — *Mon cher monsieur, notre cher général se trompe*;[9] falando nesse tom (continuo o discurso dele em russo), ele queria dizer-lhe... isto é, avisá-lo, ou melhor, pedir encarecidamente que você não o arruinasse, isso aí, não arruinasse! Uso esta exata expressão...

— Mas como, de que maneira? — interpelei.

— Misericórdia! Você se encarrega de ser o guia (ou como é que se chama?) dessa velha, *cette pauvre terrible vieille*[10] — o próprio Des Grieux se confundira —, mas ela vai perder, ela perderá os últimos tostões! Você mesmo viu, você testemunhou o jogo dela! Se começar a perder, não se afastará da mesa por teimosia, por maldade, e vai jogar, jogar sem fim, e nesses casos não se desforra nunca, e aí... aí...

— E aí — prosseguiu o general —, aí você destruirá a família toda! Eu e a minha família, nós somos herdeiros dela, ela não tem parentes mais próximos. Digo-lhe francamente: os meus negócios vão mal, muito mal. Você mesmo sabe em parte... Se ela perder uma importância considerável ou até, quem sabe, toda a fortuna (meu Deus!), o que será deles, meus filhos (o general olhou para Des Grieux), e de mim? (Ele fitou Mademoiselle Blanche, que lhe virara, desdenhosa, as costas.) Alexei Ivânovitch, salve-nos, salve-nos!...

— Mas diga-me, general, o que é que posso... Que valor é que tenho?

— Desista, desista, largue-a!...

— Ela achará outra pessoa! — exclamei.

— *Ce n'est pas ça, ce n'est pas ça* — tornou a interromper Des Grieux — *que diable!*[11] Não, não a abandone, mas,

---

[9] Não é isso. (...) Meu caro senhor, nosso caro general se engana...
[10] ... essa pobre terrível velha.
[11] Não é isso, não é isso (...) que diabo!

pelo menos, conscientize, convença, distraia... Não deixe, enfim, que perca demais, distraia-a com alguma coisa.

— Mas como farei isso? E se o senhor tratasse desse assunto, Monsieur Des Grieux? — adicionei com a maior ingenuidade.

Então percebi a olhada interrogativa, rápida e fogosa, que Mademoiselle Blanche lançou a Des Grieux. No rosto dele transpareceu algo singular, algo sincero que ele não podia ocultar.

— Esse é o problema: ela não me chamará agora! — exclamou, agitando os braços, Des Grieux. — Se pudesse... depois...

Des Grieux devolveu a Mademoiselle Blanche essa olhada veloz e significativa.

— *Ô mon cher Monsieur Alexis, soyez si bon*[12] — foi Mademoiselle Blanche *em pessoa* que se aproximou de mim com um sorriso encantador, pegou-me as duas mãos e segurou-as com força. Que diabo, aquele rosto demoníaco podia alterar-se num só segundo! Nesse momento, o rosto dela estava tão suplicante, tão terno, iluminado por um sorriso infantil, até meio travesso; no fim da frase, ela me jogou uma piscadela manhosa, sem que ninguém a visse: queria fisgar-me de uma vez, não queria? Saiu-se bem, ainda que isso me parecesse horrivelmente grosseiro.

O general acorreu — exatamente acorreu — depois dela.

— Alexei Ivânovitch, desculpe por ter conversado com você desse modo, queria dizer outra coisa... Peço-lhe, imploro-lhe com a mais humilde mesura russa... só você,

---

[12] Oh, meu caro senhor Alexis, tenha a bondade.

só você pode salvar-nos! Eu e Mademoiselle Cominges, nós lhe imploramos, entende... mas você entende? — rogava ele, apontando com os olhos para Mademoiselle Blanche. Dava muita pena vê-lo.

Nesse momento bateram três vezes à porta, baixinho e com respeito. Fora um moço do hotel que viera; uns passos atrás dele estava Potápytch. Eram os mensageiros da avó incumbidos de me achar e de me levar, de imediato, aos aposentos dela. "Está zangada" — informou-me Potápytch.

— Mas ainda são três e meia!

— A senhora nem conseguiu dormir, estava revirando-se o tempo todo, depois se levantou de repente, mandou trazer a poltrona e chamar o senhor. Já está na saída...

— *Quelle mégère!*[13] — gritou Des Grieux.

De fato, encontrei a avó na saída do hotel, já toda angustiada com a minha ausência. Não tinha aguentado até as quatro horas.

— Bem, levantem-me! — bradou ela, e fomos novamente para a roleta.

Capítulo 12

A avó estava impaciente e irritadiça; pelo visto, a roleta ficara alojada em sua cabeça. Avoadíssima, ela não prestava atenção às demais coisas. Por exemplo, não indagou sobre nada, pelo caminho, como antes. Vendo uma esplêndida carruagem que passara, em turbilhão, na nossa frente, ela ergueu o braço e perguntou: "O que

---

[13] Que megera!

é isso? De onde?" — mas não ouviu, parecia, a minha resposta. Sua meditação era continuamente interrompida por gestos bruscos e movimentos ansiosos do corpo. Quando lhe mostrei de longe, nas cercanias do cassino, o Barão e a Baronesa Wurmerhelm, ela olhou distraída e disse com plena indiferença: "Ah!"; em seguida, voltou-se depressa para Potápytch e Marfa, que nos acompanhavam, e jogou-lhes:

— Para que é que vêm atrás, hein? Não é toda vez que os levo comigo! Vão para casa! Tu já me bastas — acrescentou para mim, quando os criados se despediram às pressas e foram embora.

O pessoal do cassino estava à espera da avó. Seu lugar matinal, ao lado do *croupier*, ficou imediatamente preparado. Parece-me que esses *croupiers*, sempre tão cerimoniosos e fingindo-se de reles funcionários, para quem quase não importa que a banca perca ou ganhe, não são nada indiferentes às perdas da banca e dispõem, sem dúvida, de certas instruções para atrair os jogadores e seguir com rigor o interesse do cassino, o que lhes rende seguramente lucros e prêmios. A avó, pelo menos, já era considerada uma vitimazinha. Depois ocorreu o que nossa gente previra.

Eis o que ocorreu.

A avó se amarrou, desde logo, ao zero e mandou apostar doze fredericos por lance. Apostamos uma, duas, três vezes, mas o zero não dava. "Aposta, aposta!" — empurrava-me a avó com impaciência. Eu obedecia.

— Quantas vezes perdemos? — finalmente perguntou ela, rangendo os dentes de ansiedade.

— Esta foi a décima segunda vez, avó. Perdemos cento e quarenta e quatro fredericos. Digo-lhe, avó, talvez até a noite...

— Cala-te! — interrompeu a avó. — Aposta outra vez no zero e também aposta mil florins na vermelha. Eis a nota, pega.

Deu a vermelha, porém o zero nos enganou de novo; recebemos de volta mil florins.

— Vês, vês? — cochichava a avó. — Recuperamos quase tudo o que tínhamos perdido. Aposta novamente no zero; vamos apostar mais umas dez vezes e depois pararemos.

Contudo no quinto lance a avó se entristeceu completamente.

— Larga aquele zerinho safado para o diabo. Toma e aposta todos os quatro mil florins na vermelha — ordenou ela.

— Avó, é muito dinheiro! E se a vermelha não der? — implorei, mas a avó quase me espancou. (Aliás, seus empurrões eram tão fortes que mais pareciam pancadas.) Eu não tinha recurso senão apostar na vermelha todos os quatro mil florins que acabávamos de ganhar. A roda ficou girando. A avó se mantinha tranquila, ereta e orgulhosa, convicta do ganho indubitável.

— Zero — anunciou o *croupier*.

A princípio a avó não compreendeu, mas quando viu o *croupier* puxar os seus quatro mil florins, bem como tudo o que estava na mesa, e soube que o zero, o qual não dera por tanto tempo, custando-nos cerca de duzentos fredericos, lucrava, como que de propósito, no momento de ela tê-lo xingado e abandonado, soltou um grito ouvido em toda a sala e fez um gesto desesperado. O público até desandou a rir.

— Gente! Eis que ele deu, maldito! — esbravejava a avó. — Ai, desgraçado; ai, miserável! És tu! A culpa é toda tua! — voltou a empurrar-me, enraivecida. — Tu me dissuadiste.

— Eu falava sério, avó. Como é que me responsabilizaria por todas as chances?

— Que chances são essas? — cochichava a avó, ameaçadora. — Cai fora daqui.

— Adeus, avó — virei-me para ir embora.

— Alexei Ivânovitch, Alexei Ivânovitch, fica! Aonde vais? Por quê, mas por quê? Estás zangado? Bobão! Fica aqui, fica mais, não te zangues, eu mesma sou boba! Diz-me, pois, o que vamos fazer agora!

— Não vou ajudá-la, avó, porque a senhora acusará depois a mim mesmo. Jogue sozinha; ordene, que vou apostar.

— Bem, bem, aposta mais quatro mil florins na vermelha! Eis a carteira, toma. — Ela tirou do bolso e entregou-me a sua carteira. — Pega, pega rápido, há vinte mil rublos em dinheiro vivo.

— Avó — disse-lhe em voz baixa —, tanto dinheiro...

— Nem que eu morra, vou desforrar-me. Aposta! — Fizemos nossa aposta e perdemos. — Aposta, aposta todos os oito mil!

— Não podemos, avó, o maior lance é de quatro mil!...

— Então aposta quatro!

Dessa vez ganhamos. A avó recuperou fôlego.

— Vês, vês? — empurrou-me de novo. — Aposta mais quatro mil!

Fizemos nossa aposta e perdemos; de todas as apostas posteriores nenhuma deu certo.

— Todos os doze mil se foram, avó — comentei.

— Eu vejo que se foram — respondeu ela com uma tranquilidade colérica, sendo-me permitida tal expressão. — Vejo, queridinho, bem vejo — murmurava, olhando para a frente, imóvel, e como que refletindo. — Nem que eu morra, aposta mais quatro mil florins!

— Não temos dinheiro, avó. As obrigações russas de cinco por cento e algumas cambiais estão aqui, na carteira, mas não há mais dinheiro.

— E no porta-moedas?

— Sobraram alguns trocados, avó.

— Há casas de câmbio por aqui? Disseram-me que dava para trocar todos os nossos papéis — inquiriu a avó num tom resoluto.

— Oh, quantas a senhora quiser! Mas perderá tanto por conta do câmbio que... até o judeu levará susto!

— Bobagem! Vou desforrar-me! Leva lá. Chama aquela burrada!

Empurrei a sua poltrona, vieram os carregadores, e nós saímos do cassino.

— Rápido, rápido, rápido! — mandava a avó. — Mostra o caminho, Alexei Ivânovitch, e que seja por perto... É longe?

— Dois passos, avó.

Porém, na passagem do jardim para a alameda, cruza-mos com toda a nossa companhia: o general, Des Grieux e Mademoiselle Blanche com a mãezinha. Polina Alexândrovna não estava com eles, Mister Astley tampouco.

— Vai, vai, vai, não pares! — gritava a avó. — O que é que vocês querem? Não tenho tempo!

Eu ia atrás dela; Des Grieux abordou-me.

— Perdeu tudo o que tínhamos ganho e mais doze mil florins dela. Vamos trocar as obrigações — disse-lhe, baixo e apressado.

Des Grieux deu uma patada no chão e foi contar isso ao general. A poltrona da avó continuava a rodar.

— Pare, pare! — cochichou-me o general, frenético.

— Tente fazê-la parar — respondi cochichando.

— Titia! — aproximou-se o general — titia... agora nós... agora nós... — sua voz tremia e interrompia-se — alugamos os cavalos e vamos para o campo... uma vista admirabilíssima... um *point*... vínhamos convidá-la.

— Vai para lá com esse teu *point*! — a avó dispensou-o, irritada.

— Lá é o campo... lá vamos tomar chá... — continuava o general com total desespero.

— *Nous boirons du lait, sur l'herbe fraîche*[1] — acrescentou Des Grieux com fúria ferina.

Du lait, de l'herbe fraîche: é tudo o que um burguês parisiense tem de idealmente idílico; nisso consiste, como se sabe, a sua visão de *la nature et la vérité!*[2]

— Vai para lá com esse teu leite! Bebe tu mesmo, a cântaros, que me dá dor de barriga. Por que é que me azucrinam?! — gritou a avó. — Digo-lhes que não tenho tempo!

— Chegamos, avó! — exclamei. — É aqui!

Havíamo-nos aproximado do prédio em que se encontrava uma agência bancária. Eu fui fazer câmbio e a avó ficou esperando às portas; Des Grieux, o general e Blanche se mantinham a distância, sem saber o que fariam. A avó lançou-lhes um olhar furioso, e eles foram em direção ao cassino.

Ofereceram-me uma cotação tão horrível que não me atrevi a fechar o negócio e vim pedir instruções à avó.

---

[1] Vamos beber leite sobre a relva fresca.

[2] A natureza e a verdade.

— Ai, ladrões! — vociferou ela, agitando os braços. — Pois bem, troca! — arrematou, resoluta. — Espera, chama aí o banqueiro!

— Talvez algum dos funcionários, avó?

— Tanto faz, pode ser um funcionário. Ai, ladrões!

O bancário consentiu em sair, quando soube que era chamado por uma velha condessa debilitada que não podia andar. A avó passou muito tempo a acusá-lo, com brados irados, de vigarice e barganhar numa mescla de russo, francês e alemão, enquanto eu ajudava a traduzir. O sério bancário olhava para nós dois, calado, e fazia sinais negativos com a cabeça. Examinava a avó com uma curiosidade demasiada, a qual beirava a impolidez; por fim, começou a sorrir.

— Bem, vai embora! — gritou a avó. — Engasga-te com o meu dinheiro! Troca com ele, Alexei Ivânovitch; não há tempo, senão íamos para outro lugar...

— O bancário diz que em outros lugares dariam menos ainda.

Não lembro, com toda a certeza, a cotação da época, mas ela era terrível. Recebi uns doze mil florins em ouro e papel-moeda, tomei o dinheiro e entreguei-o à avó.

— Vem, vem, vem! Deixa de contar — ela tornou a agitar os braços. — Depressa, depressa, depressa!

— Nunca mais vou apostar naquele maldito zero nem na vermelha — concluiu ela, retornando ao cassino.

Dessa vez procurei, com todas as minhas forças, convencê-la a apostar o menos possível, assegurando-lhe que, com a reviravolta de chances, sempre haveria tempo para fazermos aposta maior. Mas ela estava tão impaciente que, embora concordasse de início, ficava irrefreável durante o jogo.

Assim que começava a ganhar apostas de dez ou vinte fredericos, voltava a empurrar-me: "Olha aí, olha aí! É isso, ganhamos! Se fossem quatro mil em vez de dez fredericos, ganharíamos quatro mil, e agora? És tu, a culpa é toda tua!".

Por irritado que me sentia de observar o jogo dela, resolvi, afinal de contas, permanecer calado, sem aconselhar nada mais.

De supetão acorreu Des Grieux. Os três estavam por perto; eu reparara que Mademoiselle Blanche se mantinha, com a mãe dela, de lado e galanteava o principezinho. O general andava obviamente desfavorecido, quase dispensado. Blanche nem queria olhar para ele, ainda que a cortejasse de todas as forças. Pobre general! Ele empalidecia, ficava vermelho, tremelicava, deixando, inclusive, de espiar o jogo da avó. Enfim Blanche e o principezinho saíram; o general foi correndo no seu encalço.

— Madame, madame — cochichava Des Grieux com uma voz melíflua, inclinando-se ao ouvido da avó. — Madame, assim a aposta não vai... não, não, pode-se não... — estropiava ele as frases russas — não!

— E como? Ensina-me! — respondeu-lhe a avó.

De súbito, Des Grieux se pôs a matraquear em francês, começou a dar conselhos, disse, todo agitado, que era preciso esperar pela chance, foi computando alguns números... a avó não compreendia nada. Ele não parava de dirigir-se a mim, para que traduzisse, apontava a mesa com o dedo, indicava; por fim, pegou um lápis e começou a fazer cálculos num papelzinho. A avó acabou perdendo a paciência.

— Vai embora, vai! Só falas asneiras, "madame, madame", mas não entendes patavina. Fora daqui!

— *Mais, madame* — gorjeava Des Grieux, tornando a empurrar e a mostrar. Não conseguia conter-se.

— Bem, aposta uma vez, como ele fala — ordenou-me a avó. — Vamos ver: talvez realmente dê certo.

Des Grieux desejava apenas afastá-la dos grandes lances, propondo apostar em números, separados e em conjunto. Segundo a sua indicação, apostei um frederico numa sequência ímpar até o número doze e cinco fredericos em grupos de números do doze ao dezoito e do dezoito ao vinte quatro: no total, apostamos dezesseis fredericos.

A roda ficou girando. "Zero", — gritou o *croupier*. Perdemos tudo.

— Que burro! — berrou a avó, dirigindo-se a Des Grieux. — Que francesinho nojento é esse! Aconselhou-me bem, cafajeste! Fora, fora daqui! Não entende nada e vem meter o nariz!

Profundamente ofendido, Des Grieux deu de ombros, olhou para a avó com desprezo e retirou-se. Ele próprio se sentia envergonhado de ter-se intrometido no jogo por excesso de ansiedade.

Uma hora depois, apesar de todos os esforços, perdemos tudo.

— Para casa! — gritou a avó.

Não disse uma palavra até chegarmos à alameda. Seguindo a alameda rumo ao hotel, começaram a escapar-lhe exclamações:

— Que besta, que idiota! Sou besta, velha besta!

Tão logo entramos em seu apartamento:

— Tragam-me chá! — bradou a avó. — E façam as malas! Vamos!

— Aonde quer ir, mãezinha? — ia perguntar Marfa.

— Não é da tua conta! Cada macaco no seu galho! Potápytch, arruma tudo, todas as bagagens. Vamos voltar a Moscou! Torrei agorinha quinze mil rublos!

— Quinze mil, mãezinha! Meu Deus do céu! — exclamou Potápytch em tom de lisonja, tentando, provavelmente, agradar-lhe.

— Deixa, bobo, deixa! Já começou a choramingar! Cala-te! Façam as malas! A conta, depressa, depressa!

— O próximo trem parte às nove e meia, avó — comuniquei para coibir o seu furor.

— E agora, que horas são?

— Sete e meia.

— Que pena! Mas tanto faz! Alexei Ivânovitch, estou sem um copeque. Eis aqui mais duas notas, corre para lá e troca-as também. Senão, não tenho com que viajar.

Eu saí. Retornando, meia hora mais tarde, ao hotel, encontrei todos os nossos no quarto da avó. Sabendo que a avó regressava a Moscou, eles teriam ficado mais assombrados com isso do que com as suas perdas. Suponhamos que a partida preserve a fortuna dela, mas o que será, neste caso, do general? Quem pagará a Des Grieux? Mademoiselle Blanche, bem entendido, não vai esperar pela morte da avó e certamente se esgueirará com o principezinho ou qualquer outro homem. Eles estavam perante a avó, consolando-a e persuadindo. Polina não viera outra vez. A avó brigava com eles, furiosa:

— Deixem-me em paz, diabos! O que têm a ver com isso? Por que essa barbicha de bode vem atazanar-me? — gritava ela a Des Grieux. — E tu, mocinha, o que queres? — dirigiu-se a Mademoiselle Blanche. — Para que te requebras?

— *Diantre!*[3] — disse baixinho Mademoiselle Blanche, cujos olhos faiscavam de raiva. Inesperadamente deu uma gargalhada e saiu.

— *Elle vivra cent ans!*[4] — gritou na saída para o general.

— Ah, estás contando com a minha morte? — bradou a avó. — Fora daqui! Enxota-os a todos, Alexei Ivânovitch! Não é da sua conta! Torrei o meu dinheiro e não o de vocês!

O general encolheu os ombros e saiu, curvado. Des Grieux seguiu-o.

— Chama Praskóvia — ordenou a avó a Marfa.

Cinco minutos depois, Marfa voltou com Polina. Esta passara o dia todo no seu quarto com as crianças, e parecia que decidira não sair de lá propositalmente. Seu rosto estava sério, triste e aflito.

— Praskóvia — iniciou a avó —, é verdade aquilo que acabei de saber por aí, que o basbaque de teu padrasto quer casar-se com essa tola sirigaita francesa, não sei se é atriz ou coisa pior ainda? Diz, é verdade?

— Não tenho certeza, avó — respondeu Polina —, mas, pelas palavras da própria Mademoiselle Blanche, que não acha necessário esconder isso, concluo...

— Chega! — interrompeu energicamente a avó. — Entendo tudo! Sempre o achei capaz disso, e sempre achei que ele fosse o homem mais oco e leviano. Tomou aqueles ares de general (foi coronel, mas obteve o generalato com a reforma) e assoberbou-se. Eu, minha filha, sei tudo, sei como vocês mandavam a Moscou telegrama

---

[3] Diabo!

[4] Ela viverá cem anos!

sobre telegrama: "Quando é que a velhota vai esticar as pernas?". Esperavam pela herança; é que, sem dinheiro, aquela rapariga — como se chama, de Cominges, não é? — não o aceitará nem como lacaio, ainda por cima, com dentes postiços. Ela mesma, dizem, tem uma dinheirama que empresta a juros, êta!, que coisa boa! Eu, Praskóvia, não te acuso — não eras tu que mandavas os telegramas — nem quero lembrar o passado. Sei que tens uma índole ruinzinha, feito uma vespa: a quem picar, ficará inchado; porém tenho pena de ti, porque gostava de Katerina, tua mãe finada. Pois bem; se quiseres, larga tudo aqui e vem comigo. Não tens aonde fugir; além disso, é indecente continuares com eles. Espera — a avó tornou a interromper Polina, que ia redarguir —, ainda não terminei. Não te reclamarei nada. A minha casa, lá em Moscou, é um palácio, tu sabes; podes ocupar um andar inteiro e não me visitar por semanas, acaso não gostes de meu caráter. Bem, queres ou não?

— Permita-me perguntar, primeiro: será que a senhora pretende mesmo partir agora?

— Estaria brincando, filhinha, hein? Falei e vou mesmo. Hoje desperdicei quinze mil rublos nessa maldita roleta de vocês. Há cinco anos, fiz a promessa de substituir, na minha propriedade perto de Moscou, a igreja de madeira pela de pedra, e vim quebrantar-me aqui, em vez disso. Agora, minha filha, vou construir a igreja.

— E as águas, avó? É que a senhora veio para tomar águas!

— Vai para lá com essas tuas águas! Não me irrites, Praskóvia; é de propósito, não é? Diz se vais comigo ou não.

— Agradeço-lhe muito, muito, avó — começou Polina, emocionada —, o abrigo que me oferece. Em parte, a senhora adivinhou a minha situação. Fico-lhe tão grata que, acredite, vou morar com a senhora, talvez dentro de pouco tempo; mas agora há motivos... sérios... e não posso decidir-me logo, neste momento. Se a senhora demorasse, ao menos, umas duas semanas...

— Então não queres?

— Não posso! Ademais, de qualquer maneira, não posso deixar meus irmãos, e já que... já que... já que pode acontecer, de fato, que eles fiquem como que órfãos, então... caso me aceite com os pequenos, avó, com certeza irei morar lá com a senhora e, acredite, merecerei seus favores! — acrescentou ela com ardor. — Mas sem as crianças não posso, avó.

— Bem, não chores! (Polina sequer pensava em chorar, e, na verdade, ela não chorava nunca.) — Haverá lugarzinho para os pintos também, o galinheiro é grande. Além do mais, precisam ir à escola. Não vais agora, pois? Tu é que sabes, Praskóvia! Desejaria o teu bem, mas sei por que tu não vais comigo. Sei tudo, Praskóvia! Aquele francesinho não te fará bem.

Polina ficou vermelha. Eu tive um sobressalto. (Todo o mundo sabe! Só eu, pelo visto, não sei de nada!)

— Bem, chega, não te aborreças. Não vou delongar-me. Mas vê se não te acontece algum mal, entendes? És uma moça inteligente, terei pena de ti. Mas basta, nem me apetecia vê-los a todos! Vai embora, adeus!

— Ainda vou acompanhá-la, avó — disse Polina.

— Não precisas. Não me atrapalhes, estou cansada de todos vocês. — Polina beijou a mão da avó, mas esta retirou a mão e beijou-a, por sua vez, na face.

Passando perto de mim, Polina me lançou uma olhadela e logo desviou os olhos.

— Adeus a ti também, Alexei Ivânovitch! Só falta uma hora até o trem partir. E tu mesmo estás cansado de mim, creio eu. Pega estes cinquenta fredericos para ti.

— Agradeço humildemente, avó, mas estou com vergonha...

— Pega, pega! — o grito da avó foi tão enérgico e ameaçador que eu não ousei recusar o dinheiro.

— Quando andares em Moscou sem emprego, vem falar comigo, que te darei referências. Bem, vai embora!

Chegando ao meu quarto, deitei-me na cama. Acho que passei meia hora prostrado de costas, as mãos sob a nuca. A catástrofe já estourara, havia em que refletir. Resolvi que no dia seguinte ia conversar insistentemente com Polina. Ah, francesinho? Pois é verdade! Entretanto, o que poderia haver entre eles? Polina e Des Grieux! Meu Deus, que disparate!

Tudo isso era simplesmente incrível. De supetão, levantei-me num pulo, ansioso por encontrar Mister Astley e fazê-lo falar, custasse o que custasse. Decerto ele sabia mais do que eu, nesse ponto como nos outros. Mister Astley? Eis mais um enigma para mim!

De repente bateram à minha porta. Era Potápytch.

— Meu senhorzinho, Alexei Ivânovitch, a senhora mandou chamá-lo!

— O que foi? Já vai sair? Mas o trem parte daqui a vinte minutos ainda.

— Está agoniada, meu senhorzinho, mal aguenta sentada. "Rápido, rápido!" — quer dizer, vai buscar o senhor. Por Cristo, não se demore.

Desci correndo a escada. A poltrona da avó já estava no corredor. Ela segurava a carteira.

— Alexei Ivânovitch, vai na frente, vamos!...

— Aonde, avó?

— Nem que eu morra, vou desforrar-me! Vai, vai sem conversas! Lá jogam até a meia-noite, não é?

Fiquei estupefato, pensei um pouco e decidi:

— A vontade é sua, Antonida Vassílievna, eu não vou.

— Por quê? Que coisa é essa? Enlouqueceram de vez, vocês todos?

— A vontade é sua: depois vou culpar a mim mesmo. Não quero! Não quero participar nem testemunhar; dispense-me, Antonida Vassílievna. Devolvo-lhe os seus cinquenta fredericos. Adeus! — E, colocando o maço de fredericos na mesinha, que estava ao lado da sua poltrona, cumprimentei a avó e fui embora.

— Que bobagem! — gritou a avó atrás de mim. — Se não quiseres, não vais, eu mesma acharei o caminho! Potápytch, vem comigo! Levantem-me, pois, e carreguem.

Não encontrei Mister Astley e regressei ao hotel. Mais tarde, já depois da meia-noite, Potápytch me contou como terminara o dia da avó. Ela perdera tudo o que eu tinha trocado para ela, ou seja, mais dez mil rublos em moeda russa. Aquele mesmo polaco, a quem a avó acabara de dar dois fredericos, aboletou-se junto dela e dirigiu, o tempo todo, seu jogo. Antes de o polaco ter aparecido, ela tentava fazer que Potápytch apostasse, mas despediu-o logo; então acorreu o polaco. Como que de propósito, ele entendia o russo e mesmo falava, embora com dificuldade, mesclando três línguas, de modo que eles chegaram a certa compreensão mútua. A avó não parava de xingá-lo, e, bem que este "rastejasse", continuamente, "aos pés da senhora", "não tinha comparação com o senhor, Alexei Ivânovitch", narrava Potápytch. "Ela tratava o senhor *como um fidalgo*, e o homem — vi com os próprios olhos, que Deus me mate neste lugar! — furtava o dinheiro dela da mesa. A senhora o apanhou umas duas vezes e xingou, injuriou, meu senhorzinho, com todos os palavrões, até puxou uma vez o cabelo dele; juro que não estou mentindo, teve ao redor uma gargalhada. Perdeu tudo, meu senhorzinho, tudo o que tinha, tudo o que o senhor trocou para ela. Trouxemos a mãezinha até aqui; ela só pediu água, benzeu-se e foi para a cama. Devia estar cansadinha, que logo pegou no sono. Mande-lhe Deus sonhos angélicos! Oh, esse tal de estrangeiro!", concluiu Potápytch. "Eu dizia que não era nada de bom. Tomara que voltemos depressa à nossa Moscou! O que é que não temos em casa, lá em Moscou? Temos jardim, flores que nem crescem aqui, cheiro; as maçãs se enchem de suco, imensidade — mas não: precisava vir para o estrangeiro! Oh-oh-oh!.."

Capítulo 13

Quase um mês se passou desde que engavetei este meu diário, iniciado sob a influência das fortes, embora caóticas, impressões. A catástrofe, cuja chegada então pressentia, aconteceu realmente, contudo cem vezes mais cruel e inesperada do que eu pensava. Tudo aquilo que se deu, pelo menos comigo, foi algo estranho, abominável e mesmo trágico. Deparei-me com certos acontecimentos quase miraculosos; ao menos, dessa forma é que os vejo até agora, conquanto, do outro ponto de vista e, sobretudo, a julgar pelo torvelinho em que rodopiava àquela altura, eles fossem, quando muito, só um pouco fora do comum. O mais miraculoso, porém, é como eu mesmo percebi todos aqueles acontecimentos. Até hoje não entendo a mim mesmo! Aquilo tudo se desvaneceu como um sonho, inclusive a minha paixão, que, aliás, era grande e verdadeira... que fim levou ela? Juro que me surge, vez por outra, esta ideia: "Será que enlouqueci, naquele momento, e fiquei o tempo todo recluso num manicômio? Talvez continue trancado lá, sendo tudo aquilo tão só uma *ilusão* que me *ilude* até agora...".

Juntei e reli os meus apontamentos. (Quem sabe se meu objetivo não foi convencer-me de não os ter feito num manicômio?) Agora vivo sozinho. Está chegando o outono, as folhas se amarelam. Fico nesta entediante cidadezinha alemã (oh, como as cidadezinhas alemãs são entediantes!) e vivencio, em vez de cogitar no meu próximo passo, a influência das sensações hodiernas, das frescas lembranças, de todo aquele turbilhão bem recente que me levara então e arremessara, de novo, algures. De vez em quando, parece-me que continuo a voltear naquele turbilhão, e que mais uma tempestade vai roçar-me, voando, com suas asas, e carregar-me, de modo que, fora da ordem e das medidas, eu vá girando com ela, girando, girando...

De resto, pode ser que me estabeleça de alguma forma e deixe de rodopiar, se for possível que me dê conta de tudo o que ocorreu neste mês. Apetece-me novamente tomar a pena; de mais a mais, não tenho nada a fazer às noites. Esquisitice minha: para me ocupar com alguma coisa, empresto na reles biblioteca daqui os romances de Paul de Kock[1] (traduzidos para o alemão!)

---

[1] Paul de Kock, Charles (1793–1871): escritor francês, cujos romances eram bem populares na época.

que quase detesto, e leio-os, surpreso comigo mesmo, como se temesse destruir o charme do passado recente com um livro de valor ou com alguma ocupação séria. Como se me fossem tão caros aquele sonho abominável e todas as impressões por ele deixadas, que receio tocá-lo com algo novo, por medo de ele se tornar fumaça! Será que tudo aquilo me é tão caro? Por certo, é caro, sim; talvez me recorde daqui a quarenta anos...

Pois bem, ponho-me a escrever. Aliás, hoje posso recontar aquilo de modo mais breve: as impressões estão bem diferentes...

Terminarei, primeiro, a história da avó. No dia seguinte, ela se arruinou em definitivo. Isso devia acontecer: uma vez nesse caminho, as pessoas semelhantes a ela como que descem, de trenó, uma ladeira coberta de neve, cada vez mais depressa. Ela jogou o dia todo, até as oito horas da noite; sem ter presenciado esse jogo, conheço-o apenas pelos relatos.

Potápytch ficou no cassino, ao lado dela, o dia inteiro. Os polacos, que orientavam a avó, revezaram-se, naquele dia, várias vezes. Ela começou por enxotar o polaco do dia anterior, a quem havia puxado o cabelo, e convidou um outro, mas este se revelou quase pior ainda. Despedindo-o e chamando de volta o primeiro, que passara todo o tempo do desfavor ali mesmo, atrás de sua poltrona, a meter, a cada minuto, o nariz no jogo dela, a avó caiu afinal num desespero completo. O segundo polaco expulso tampouco tinha ido embora; um deles ficou à sua direita e o outro, à sua esquerda. Eles discutiam e altercavam o tempo todo, chamavam um ao outro de *łajdak*[2] e similares gracinhas polonesas, depois faziam as pazes, usavam o dinheiro sem qualquer ordem e abusavam dele. Ao brigarem, faziam apostas cada um de seu lado: um, por exemplo, na cor vermelha, e o outro, logo na preta. No fim das contas, eles deixaram a avó tão tonta e desatinada que ela se dirigiu, quase chorando, ao velho *croupier*, pedindo que a defendesse e pusesse os polacos para fora. Os dois realmente foram, num instante, expulsos, apesar de seus gritos e protestos: gritando juntos, eles alegavam que a avó lhes devia dinheiro, que ela os enganara de alguma forma, que os tinha tratado de modo vil e desonesto. O desgraçado Potápytch contava-me tudo isso com lágrimas, naquela mesma noite da ruína, e reclamava de eles terem enchido os bolsos de dinheiro, dizendo que ele próprio os vira furtar torpemente as moedas e colocá-las, a cada minuto, em seus bolsos. O polonês pedia, por exemplo, que a avó lhe desse cinco fredericos pelo auxílio e começava, de imediato, a apostá-los na roleta, ao lado das apostas dela. Quando a avó ganhava, ele gritava que era a sua aposta e que a avó tinha perdido. Na hora de expulsá-los, Potápytch denunciou que seus bolsos estavam cheios de ouro. A avó pediu, sem demora, que o *croupier* tomasse providências, e, por mais que ambos os polacos vociferassem (iguais a dois galos apanhados), veio a polícia e seus bolsos foram logo despejados em favor da avó. Naquele dia, antes de arruinar-se, a avó gozava de visível prestígio junto dos *croupiers* e de toda a diretoria do cassino. Aos poucos, a notoriedade dela se espalhou por toda a cidade. Todos os visitantes do

[2] Canalha (em polonês).

balneário, de todas as nações, tanto os simples quanto os mais nobres, afluíam para ver *une vieille comtesse russe, tombée en enfance*,[3] que já teria perdido "alguns milhões".

No entanto, a vantagem que a avó obtivera, ao livrar-se dos dois polacos, era muito, muito pequena. Em lugar deles logo apareceu o terceiro polonês, de imenso bigode e cheio de soberba, que se vestia como um gentil-homem, mas ainda assim parecia um lacaio, e falava russo sem o menor sotaque. Ele também "beijava os pés da senhora" e "rastejava aos pés da senhora", mas tratava as demais pessoas com arrogância e mandava despótico — numa palavra, tornara-se, de pronto, o dono e não o criado da avó. A cada instante, a cada lance, dirigia-se a ela e jurava, com juramentos horribilíssimos, que, sendo um senhor "de honra", não tomaria sequer um copeque do dinheiro da avó. Repetia esses juramentos com tanta frequência que a avó acabou apavorada. Mas como esse polonês realmente melhorou, a princípio, o jogo dela e começou aparentemente a ganhar, a própria avó já não podia abandoná-lo. Uma hora depois, ambos os polacos expulsos do cassino reapareceram atrás da poltrona da avó, oferecendo-lhe de novo seus serviços, nem que fosse só para levar recados. Potápytch jurava por Deus que o "senhor de honra" trocava piscadelas com eles e mesmo passava alguma coisa para as suas mãos. Como a avó não tinha almoçado e quase não se afastava da mesa, um dos polacos prestou-lhe, de fato, um serviço: foi correndo ao refeitório do cassino e trouxe de lá uma tigela de caldo e, mais tarde, uma chávena de chá. Aliás, os dois cumpriam as incumbências dela.

---

[3] Uma velha condessa russa em sua segunda infância.

Porém, no final do dia, quando todos já viam que ela estava perdendo sua última nota, atrás da poltrona havia uns seis polacos, antes não vistos nem supostos. E quando a avó perdia suas últimas moedas, eles todos não apenas lhe desobedeciam, mas nem sequer reparavam nela: vinham, por cima dela, à mesa, pegavam o dinheiro, usavam e apostavam-no, discutiam e gritavam, conversavam, de igual para igual, com o senhor de honra, o qual parecia ter esquecido que a avó existia. Mesmo quando ela retornava, às oito horas da noite, ao hotel, totalmente arruinada, três ou quatro polacos ainda não ousavam abandoná-la e corriam de ambos os lados da sua poltrona, gritando com todas as forças e afirmando com destreza que a avó os teria ludibriado e tinha de devolver-lhes alguma coisa. Assim se aproximaram do hotel, de onde foram enxotados aos empurrões.

Segundo os cálculos de Potápytch, a avó perdeu naquele dia cerca de noventa mil rublos, além do dinheiro perdido no dia anterior. Uma por uma, ela trocara todas as suas obrigações de cinco por cento e dos empréstimos internos, bem como todas as ações que tinha em mãos. Fiquei admirado de ela ter suportado essas sete ou oito horas sentada em sua poltrona e quase sem se afastar da mesa, mas Potápytch contou que ela conseguira, umas três vezes, ganhar muita coisa e, reanimada com esperanças, já não pudera mais parar de jogar. Aliás, os jogadores sabem que é possível uma pessoa passar quase todo o dia jogando baralho, no mesmo lugar e sem despregar os olhos da carta direita e da esquerda.

Entretanto as coisas de igual envergadura iam acontecendo, durante todo aquele dia, em nosso hotel. Ainda pela manhã, antes das onze horas, quando a avó estava nos aposentos dela, os nossos, isto é, o general e Des Grieux, quase se decidiram ao último passo. Cientes de que a avó nem pensava em partir, mas, pelo contrário, ia voltar ao cassino, compareceram em todo o conclave (afora Polina) para falar com ela de modo definitivo e até mesmo *sincero.* O general, cujo corpo tremia e cuja alma desfalecia em vista das consequências terríveis que lhe sobreviriam, acabou exagerando: após meia hora de rogos e súplicas, e mesmo ao confessar com franqueza tudo — todas as suas dívidas e até (ficara completamente perdido) a sua paixão por Mademoiselle Blanche — ele tomou, de repente, ares de ameaça e pôs-se a gritar e a bater o pé na frente da avó; gritava que ela envergonhava a família, que se tornara o escândalo de toda a cidade, e que, por fim... por fim: "A senhora arrasta o nome russo pela lama!", concluiu, aos brados, o general. "E para isso existe a polícia!". Afinal a avó o expulsou a pauladas (verdadeiras pauladas). O general e Des Grieux se reuniram mais uma ou duas vezes naquela manhã, e o assunto do qual eles tratavam era o seguinte: se não havia, realmente, alguma possibilidade de recorrer à polícia. É que uma infeliz, embora respeitável, velhinha enlouqueceu, anda perdendo o último dinheiro, etc. Numa palavra, poder-se-ia conseguir alguma vigilância ou proibição para ela?... Mas Des Grieux apenas dava de ombros e abertamente se ria do general, que estava totalmente transtor-nado e percorria sem parar o seu gabinete. Desistindo, enfim, do negócio, Des Grieux desapareceu. De noite soubemos que ele deixara o hotel depois de uma conversa bem resoluta e misteriosa com Mademoiselle Blanche. Quanto à própria Mademoiselle Blanche, ela tomara as medidas definitivas ainda de manhãzinha:

afastara por completo o general e mesmo se recusara a vê-lo. Correndo o general atrás dela ao cassino e encontrando-a de braços dados com o principezinho, nem ela nem Madame *veuve* Cominges o reconheceram. O principezinho tampouco o cumprimentou. Durante o dia todo, Mademoiselle Blanche buscara seduzir o príncipe, para que este tomasse, afinal, uma decisão firme. Mas, ai: seus cálculos em relação ao príncipe resultaram errados! Essa pequena catástrofe ocorreu já de noite; esclareceu-se, de chofre, que o príncipe estava pobre como Jó, e que, ainda por cima, queria que Blanche lhe emprestasse dinheiro contra uma cambial, para jogar na roleta. Indignada, ela o despediu e trancou-se em seu quarto.

No mesmo dia, eu fui procurar Mister Astley ou, melhor dizendo, passei toda a manhã à procura de Mister Astley, mas não o encontrei nenhures. Ele não estava em casa, nem no cassino, nem no parque. Nem tinha almoçado, dessa vez, em seu hotel. Por volta das cinco horas, vi-o, de súbito, vir do cais da estrada de ferro direto ao Hôtel d'Angleterre. Ele estava apressado e muito angustiado, embora fosse difícil enxergar a angústia ou qualquer outra espécie de emoção no seu rosto. Estendeu-me cordialmente a mão, com a sua habitual exclamação: "Ah!", mas não parou, continuando a caminhar a passos bastante rápidos. Segui-o; porém ele me respondia de forma tão singular que não cheguei a tirar-lhe nenhuma informação. Ademais, a conversa sobre Polina deixava-me, não sabia por que razão, horrivelmente envergonhado, e ele próprio não disse uma palavra a respeito dela. Contei-lhe sobre a avó; ele escutou com atenção e seriedade, encolhendo os ombros.

— Ela perderá tudo — fi-lo notar.

— Oh, sim — respondeu o inglês. — É que ela foi jogar ainda ontem, quando eu ia viajar; por isso tinha toda a certeza de que acabaria perdendo. Se tiver tempo, vou vê-la no cassino, que é bem interessante...

— Onde você estava? — exclamei, surpreso eu mesmo de ainda não ter perguntado acerca disso.

— Estava em Frankfurt.

— A negócios?

— Sim, a negócios.

O que mais podia perguntar? Aliás, continuava a segui-lo, mas ele se dirigiu repentinamente ao Hôtel De Quatre Saisons[4] situado pelo caminho, e despediu-se de mim. Voltando para casa, adivinhei aos poucos que, mesmo se falasse com ele por duas horas, não iria saber absolutamente nada, porque... não tinha nenhuma pergunta a fazer-lhe! Sim, era isso aí! De maneira alguma conseguiria formular a minha pergunta.

Polina passou todo aquele dia ora passeando com as crianças e a babá no parque, ora confinada no hotel. Ela evitava, havia tempos, o general, e quase não conversava com ele, pelo menos sobre as coisas sérias. Eu já tinha reparado nisso. Todavia, sabendo em que estado o general se encontrava àquela altura, eu pensava que ele não podia prescindir de Polina, ou seja, que eles não podiam ter dispensado certa explicação importante no círculo familiar. Porém, quando retornava ao hotel depois da conversa com Mister Astley e encontrei Polina com as crianças, o rosto dela expressava a mais serena tranquilidade, como se todas as tormentas de sua

---

[4] Hotel das Quatro Estações.

família tivessem deixado incólume só a ela. Em resposta aos meus cumprimentos, ela inclinou a cabeça. Subi ao meu quarto todo enfurecido.

Abstinha-me, naturalmente, de conversar com Polina e não me aproximei dela nenhuma vez desde o incidente com os Wurmerhelm. Nesse ínterim, fazia-me de difícil, mas, à medida que o tempo ia passando, uma verdadeira indignação se apoderava de mim. Mesmo que ela não me amasse nem um pouco, não poderia, ainda assim, pisotear desse modo os meus sentimentos nem escutar as minhas declarações com tanto desprezo. É que ela sabe que a amo de coração; é que ela tem permitido falar sobre o assunto! É verdade que tudo isso surgiu entre nós de maneira meio estranha. Algum tempo atrás, há uns dois meses, comecei a notar que ela tinha a pretensão de fazer de mim seu amigo, seu confidente, e mesmo tentava, em parte, realizá-la. Então a tentativa não deu certo, não se sabe por que motivo, mas, em contrapartida, ficaram as nossas estranhas relações atuais, e foi por isso que comecei a falar com ela nesse estilo. Se meu amor a aborrece, por que ela não me proíbe francamente de falar nele?

Ela não me proíbe; ao contrário, tem-me desafiado, diversas vezes, para uma conversa... fazendo-o, com certeza, só para rir. Estou convencido disso; tenho notado que ela se delicia, depois de escutar minhas falas e de irritar-me até a dor, em aturdir-me, de supetão, com alguma manifestação de seu maior desprezo e descaso. No entanto, Polina bem sabe que não consigo viver sem ela. Apenas três dias se passaram desde aquela história com o barão, e eu já não posso mais aguentar a nossa *separação*. Quando a encontrei agorinha perto do cassino, meu coração se pôs a bater tão forte que fiquei pálido. Mas ela tampouco sobreviverá sem mim! Sou necessário para ela: será que tão só como o bobo Balákirev?[5]

Polina tem um segredo, isso é claro! Sua conversa com a avó machucou-me o coração. Tenho-lhe pedido mil vezes para ser sincera comigo, sabendo que realmente estou pronto a sacrificar minha vida por ela, mas ela sempre se tem limitado a uma espécie de menosprezo e reclamado, em lugar do sacrifício oferecido, tais atos como a minha afronta ao barão! Isso não é revoltante? Será que o mundo inteiro se concentra, para ela, naquele francês? E Mister Astley? Mas nesse ponto as coisas se tornavam completamente incompreensíveis, e que sofrimentos, meu Deus, isso me causava!

Uma vez no meu quarto, peguei a pena e rabisquei, num rompante de frenesi, o seguinte:

> Polina Alexândrovna, eu bem vejo que chegou o desfecho, o qual certamente vai afetá-la também. Repito pela última vez: está precisando de minha cabeça ou não? Se precisar de mim, pelo menos para *alguma coisa*, estou à sua disposição e, por enquanto, fico no meu quarto — ao menos, a maior parte do tempo — e não irei a lugar nenhum. Se precisar, escreva ou chame.

Lacrei o bilhete e ordenei ao lacaio do hotel que o entregasse nas mãos dela. Não esperava pela resposta, contudo o lacaio voltou três minutos depois e disse que "mandavam cumprimentar-me".

---

[5] Balákirev, Ivan Alexândrovitch (1699-1763): bobo da corte do imperador Pedro I, o grande.

Lá pelas sete horas fui chamado pelo general.

Ele se encontrava no gabinete, vestido como se estivesse para sair, chapéu e bengala jogados sobre o sofá. Logo ao entrar, tive a impressão de que, plantado no meio do cômodo, as pernas afastadas e a cabeça baixa, o general conversava consigo mesmo. Assim que me viu, arrojou-se, quase gritando, ao meu encontro, de modo que eu recuei instintivamente e quis fugir; porém ele me pegou nas duas mãos e puxou para perto do sofá. Sentou-se no sofá, fez-me sentar numa poltrona, bem na sua frente, e, sem largar as minhas mãos, com os lábios trêmulos, com as lágrimas que brilhavam, nesse momento, em seus cílios, disse em tom de súplica:

— Alexei Ivânovitch, salve-me, salve-me. Misericórdia!

Fiquei por muito tempo sem entender nada; ele falava sem trégua, falava, falava e não se cansava de repetir: "Misericórdia, misericórdia!". Acabei por adivinhar que o general esperava de mim algo semelhante a um conselho; ou seria melhor dizer que, abandonado por todos, cheio de aflição e apreensão, ele se recordara de mim, chamando-me com o único fim de falar e falar e falar.

Ele perdera o juízo ou, pelo menos, ficara extremamente atônito. Crispava as mãos e estava prestes a cair de joelhos na minha frente para (como os senhores acham?)... para que eu fosse logo ao quarto de Mademoiselle Blanche e pedisse, apelando à consciência dela, que voltasse para se casar com ele.

— Poupe-me, general — exclamei —, mas Mademoiselle Blanche talvez nem tenha reparado em mim até agora! O que é que posso fazer?

Não adiantava contradizer o general: ele não entendia minhas palavras. Começava também a falar sobre a avó, porém de maneira bem desconexa, insistindo em sua ideia de recorrer à polícia.

— Em nossa terra, na terra nossa — dizia ele, de repente indignado —, numa palavra, na terra da gente, num estado bem organizado, onde há superiores, tais velhas ficariam logo sob tutela! Sim, prezado senhor, si-im — prosseguia em tom de censura, levantando-se, num pulo, e andando de um lado para o outro. — O senhor ainda não sabia disso — ele se dirigiu a um imaginário prezado senhor que estaria num canto —, mas agora vai saber... sim... em nossa terra torcem tais velhas como um arco, um arco, si-im, um arco... oh, diabo!

O general tornava a desabar no sofá e, um minuto depois, arfante e quase soluçante, contava-me às pressas que Mademoiselle Blanche não o desposava porque a avó tinha vindo em vez do telegrama, e que agora estava bem claro que ele não receberia herança. Parecia-lhe que eu ainda não sabia nada disso. Eu ia falar sobre Des Grieux, mas o general fez um gesto desesperado:

— Foi embora! Ele detém todas as minhas posses penhoradas, e eu estou pobre como Jó! Aquele dinheiro que você trouxe... aquele dinheiro — não sei quanto sobrou lá, parece, uns setecentos francos — acabou, eis tudo, e o que está por acontecer, eu não sei, não sei, nã-ão!...

— Como é que o senhor vai pagar o hotel? — exclamei, assustado. — E depois... o quê?

Ele me fitou pensativo, mas aparentemente não entendeu nada e talvez nem me tivesse ouvido. Tentei puxar conversa sobre Polina Alexândrovna e os filhos dele. O general me respondia apressado:

— Sim, sim! — mas logo voltava a falar do príncipe, que agora Blanche partiria com ele e aí... e aí... — Mas o que devo fazer, Alexei Ivânovitch? — dirigia-se, de repente, a mim. — Juro por Deus! O que devo fazer, diga, isso é uma ingratidão! Mas é uma ingratidão, não é?

Afinal desandou a chorar aos borbotões.

Não havia meio de lidar com um homem assim; ademais, era perigoso deixá-lo só, já que alguma coisa podia ocorrer com ele. Consegui, aos trancos e barrancos, livrar-me do general, mas avisei a babá, para ela vir vê-lo com mais frequência, e, além disso, falei com o lacaio do hotel, um rapaz muito esperto, o qual também me prometeu que, por sua parte, ficaria de olho nele.

Mal deixei o general, veio Potápytch com o convite da avó. Eram oito horas, e ela acabava de voltar do cassino depois da ruína definitiva. Fui visitá-la: a velha estava sentada em sua poltrona, exausta e visivelmente doente. Marfa servia-lhe uma chávena de chá, quase a obrigando a beber. Tanto a voz quanto as entonações da avó tinham mudado muito.

— Boa noite, querido Alexei Ivânovitch — disse ela, inclinando a cabeça lenta e cerimoniosamente —, desculpe tê-lo incomodado, perdoe a mulher velha. Eu, meu querido, deixei ali tudo, quase cem mil rublos. Estavas com razão ontem, quando não foste comigo. Agora estou sem dinheiro, sem um vintém. Não quero demorar nem um minuto, às nove e meia vou embora. Mandei chamar esse teu inglês — Astley, não é? — e quero pedir-lhe três mil francos por uma semana. Convence-o, pois, para que não venha pensar alguma coisa e não me recuse. Ainda estou bastante rica, meu queridinho. Tenho três aldeias e duas casas. Sobrou-me também dinheiro, nem tudo trouxe comigo. Digo isso para ele não ter nenhuma dúvida... Ah, ei-lo aí! Eis um homem de bem.

Mister Astley atendeu ao primeiro pedido da avó. Sem refletir em nada nem falar muito, logo entregou a ela três mil francos contra uma cambial que a avó assinara. Feito o negócio, cumprimentou-a e saiu apressado.

— Agora vai tu também, Alexei Ivânovitch. Falta uma hora e pouco, quero deitar-me, que os ossos estão doendo. Não te aborreças com a velha besta. Agora não vou acusar os jovens de leviandade, e aquele desgraçado, o general de vocês... também pecaria, se o acusasse agora. Ainda assim, não lhe darei dinheiro, como ele queria, porque é, a meu ver, totalmente bobinho; porém eu mesma, velha burra, não sou mais inteligente que ele. É *vero* que Deus cobra até dos velhos e que os castiga pela vaidade. Pois bem, adeus. Marfucha, levanta-me.

No entanto, eu pretendia acompanhar a avó. Além disso, estava à espera de algo, esperava que algo sobreviesse dentro em pouco. Não conseguia ficar no meu quarto. Ia ao corredor, até saí para passear um minutinho pela alameda. A carta que tinha escrito para Polina era clara e decisiva, e a presente catástrofe, sem dúvida, definitiva. Ouvira falarem no hotel sobre a partida de Des Grieux. Enfim, caso ela me rejeitasse como amigo, não me rejeitaria, quiçá, como criado. Ela precisa de alguém, nem que seja só para levar seus recados; ainda lhe servirei, com certeza!

Na hora de o trem partir, fui correndo ao cais e despedi-me da avó. Eles todos entraram num vagão especial de família. "Agradeço, queridinho, a tua compaixão desinteressada", disse-me ela, quando da despedida. "E repete a Praskóvia o que lhe tinha dito ontem, que esperarei por ela."

Fui para o hotel. Passando perto dos aposentos do general, encontrei a babá e perguntei por ele. "I-ih, senhorzinho, nada", respondeu ela, tristonha. Eu ia, contudo, entrar, mas às portas do gabinete parei numa grande perplexidade. Mademoiselle Blanche e o general gargalhavam à porfia. A *veuve* Cominges também estava lá, sentada no sofá. O general aparentava uma louca alegria, balbuciava disparates e soltava risadas nervosas e longas, as quais faziam que seu rosto se cobrisse de inúmeras rugas e seus olhos se escondessem. Mais tarde a própria Blanche me contaria que, ao expulsar o príncipe e sabendo que o general estava chorando, tivera a ideia de consolá-lo e viera passar um minuto com ele. O pobre general não sabia que, naquele momento, o seu destino já estava determinado, e que Blanche já começara a fazer as malas para no dia seguinte, com o primeiro trem matinal, voar a Paris.

Plantado às portas do gabinete, eu desisti de entrar e fui embora despercebido. Subindo ao meu quarto e abrindo a porta, avistei na penumbra uma pessoa sentada numa cadeira, no canto sob a janela. Ela não se levantou com a minha chegada. Aproximei-me depressa, olhei, e faltou-me fôlego: era Polina!

Capítulo 14

Soltei um grito.

— Então? Pois então? — perguntava-me ela, estranhamente. Estava pálida e mirava-me com carranca.

— Como assim? Você aqui, no meu quarto!

— Se eu vier, venho *toda*. Este é o meu hábito. Agora você vai ver; acenda uma vela.

Acendi uma velinha. Polina se levantou, achegou-se à mesa e pôs na minha frente uma carta aberta.

— Leia — ordenou ela.

— É a letra... a letra de Des Grieux! — exclamei, ao pegar a carta. Minhas mãos tremiam e as linhas saltitavam diante dos meus olhos. Esqueci as exatas expressões da carta, mas ei-la aqui — se não palavra por palavra, ao menos, ideia por ideia.

> Mademoiselle — escrevera Des Grieux —, as circunstâncias desfavoráveis fazem-me partir imediatamente. A senhorita decerto já reparou que eu evitava de propósito a nossa explicação definitiva, até que todas as circunstâncias ficassem esclarecidas. A vinda de sua velha parenta (*de la vieille dame*) e o disparate que ela fez deram cabo de todas as minhas dúvidas. Meus próprios negócios, que não vão bem, impedem-me, em definitivo, de continuar nutrindo as doces esperanças, com as quais eu me tenho deliciado por algum tempo. Lamento o passado, mas espero que a senhorita não ache, neste meu comportamento, nada que seja indigno de um gentil-homem e de um homem honesto (*gentilhomme et honnête homme*). Ao perder quase todo o meu dinheiro com as dívidas de seu padrasto, vejo-me na extrema necessidade de aproveitar aquilo que me resta: já mandei meus amigos de Petersburgo procederem, imediatamente, à venda dos bens que me haviam sido empenhados. Entretanto, ciente de que seu leviano padrasto tinha desbaratado também o seu dinheiro, eu decidi perdoar a ele cinquenta mil francos e devolver parte das cauções referente a esse valor, de modo que agora a senhorita tem a possibilidade de recuperar tudo

o que perdeu, reclamando os bens dele por via judicial. Espero, mademoiselle, que meu ato lhe seja, no atual estado das coisas, bem proveitoso. Espero, outrossim, que com este ato cumpra plenamente o dever de um homem honesto e nobre. Tenha a certeza de que sua lembrança está para sempre gravada no meu coração.

— Bem, tudo isso é claro — disse eu, dirigindo-me a Polina. — Será que você podia esperar outra coisa? — acrescentei com indignação.

— Não esperava nada — respondeu ela, aparentemente tranquila, conquanto a sua voz estivesse como que tremendo. — Faz tempo que sei de tudo: lia os pensamentos dele e descobri o que estava tramando. Ele achava que eu procuraria... que iria insistir... (Ela se calou, sem terminar a frase, e ficou mordiscando o lábio). Foi de propósito que dobrei o meu desprezo por Des Grieux — tornou a falar —, e esperava pelo que ele faria. Se tivesse chegado o telegrama sobre a herança, ia jogar-lhe a dívida desse idiota (meu padrasto) e enxotá-lo! Tenho-o odiado há muito, muito tempo. Oh, antes era um homem diferente, mil vezes diferente, e agora, agora!.. Oh, com que felicidade atiraria agora esses cinquenta mil na suja cara dele e cuspiria... e esfregaria a cuspida!

— Mas o papel — aquela caução de cinquenta mil que foi devolvida — ele está com o general? Tome-o e devolva a Des Grieux.

— Oh, não! Não é isso!..

— Não, é verdade, não é! E de que o general seria capaz hoje? E a avó? — exclamei de repente.

Polina olhou para mim de modo algo distraído e impaciente.

— Por que a avó? — disse-me, desgostosa. — Não posso recorrer a ela... Não quero pedir perdão a ninguém — complementou com irritação.

— Mas o que fazer?! — gritei. — E como, como você pôde amar Des Grieux? Oh, vilão, vilão! Quer que eu o mate em duelo? Onde ele está agora?

— Está em Frankfurt e ficará lá três dias.

— Uma palavra sua, e eu irei amanhã mesmo, com o primeiro trem! — declarei, estupidamente entusiasmado.

Polina se pôs a rir.

— Pois é, talvez ele diga: devolva antes cinquenta mil francos. E por que ele ia duelar?... Que bobagem é tudo isso!

— Então de onde, mas de onde tirar esses cinquenta mil francos? — repeti, rangendo os dentes. — Como se fosse possível apanhá-los logo do chão! — Escute: Mister Astley? — perguntei, dirigindo-lhe o início de certa ideia estranha.

Os olhos de Polina brilhavam.

— Pois *tu mesmo* queres que eu te deixe por aquele inglês? — retorquiu ela com um olhar penetrante e um sorriso amargo. Pela primeira vez na vida ela me disse *tu*.

Parecia que nesse momento ela ficara estonteada de emoção; sentou-se, de súbito, no sofá, como que extenuada.

Foi um relâmpago que me abrasou; estava de pé, sem dar crédito aos meus olhos nem aos ouvidos! Então ela me ama mesmo! Ela veio pedir ajuda *a mim* e não a Mister Astley! Ela, moça solteira, veio sozinha ao meu quarto de hotel, comprometendo-se, por conseguinte, em público, e eu, eu estou na sua frente e ainda não compreendo!

Uma ideia selvagem brotou em minha cabeça.

— Polina! Dá-me apenas uma hora! Espera aí uma hora só e... eu voltarei! Isso... isso é necessário! Vais ver! Fica aí, fica aí!

Saí correndo do quarto, sem reagir ao olhar surpreso e interrogativo de Polina. Ela me gritou alguma coisa, mas eu não retornei.

Sim, a ideia mais selvagem, a que parece absolutamente impossível, fica, por vezes, tão alojada na cabeça que se chega a tomá-la por algo realizável... e mais ainda: se tal ideia se une a um desejo intenso, a um anelo, chega-se, vez por outra, a tomá-la, enfim, por algo fatal, indispensável, predestinado, por algo que já não pode deixar de acontecer! Talvez haja nisso outra coisa, certa combinação de pressentimentos, um extraordinário esforço de nossa vontade, uma autointoxicação pela nossa própria fantasia ou mais alguns fatores — não sei, mas naquela noite (que jamais vou esquecer) aconteceu comigo um fenômeno miraculoso. Conquanto seja totalmente justificado pela aritmética, ele continua até agora miraculoso em minha mente. Por quê, mas por que essa convicção ficara tão forte e profundamente cravada em mim, há tanto tempo? Decerto não a tomava — repito-o, meus senhores! — por um caso que podia acontecer como quaisquer outros casos (ou, dessa forma, deixar de acontecer), mas por algo que aconteceria sem sombra de dúvidas!

Eram dez e um quarto. Entrei no cassino com uma esperança inabalável e, ao mesmo tempo, com uma emoção que nunca sentira antes. As salas de jogo ainda estavam lotadas, embora houvesse nelas metade do público matinal.

Por volta das onze horas só permanecem às mesas de jogo os jogadores de verdade, aqueles desesperados que vieram unicamente por causa da roleta, como se não existisse no balneário nada além dela, os que mal reparam no que está ocorrendo ao seu redor e, sem se interessarem por nada durante toda a estação, jogam da manhã até a noite, prestes, talvez, a jogar, se pudessem, até a manhã seguinte. Quando à meia-noite a roleta fecha, eles se retiram com invariável desgosto. E quando, pouco antes do fechamento, o *croupier* mor anuncia, chegando a meia-noite: "*Les trois derniers coups, messieurs!*",[1] eles estão, às vezes, dispostos a perder, nesses três últimos lances, tudo o que têm no bolso, e realmente as maiores perdas se dão nesse exato momento. Aproximei-me da mesma mesa em que recentemente jogava a avó. Não havia lá muita gente, de modo que logo arranjei um lugar junto da mesa, em pé. Na minha frente estava escrita no pano verde a palavra "*Passe*". "*Passe*" é uma sequência de números, do dezenove ao trinta e seis respectivamente. Quanto à sequência anterior, do primeiro ao décimo oitavo número, ela se chama "*Manque*": mas o que tinha eu a ver com isso? Não calculara nem mesmo ouvira a que número se referia o último lance, sem me ter informado a respeito, como faria, ao começar o jogo, qualquer jogador minimamente calculista. Tirei do bolso meus vinte fredericos e joguei-os todos no "*passe*" que estava diante de mim.

— *Vingt-deux!*[2] — exclamou o *croupier*.

Eu ganhei e de novo apostei tudo: o meu dinheiro e o ganho.

---

[1] Os três últimos lances, senhores!

[2] Vinte e dois!

— *Trente-et-un!*[3] — bradou o *croupier*. Ganhei outra vez! Assim já possuía oitenta fredericos! Apostei-os todos nos doze números do meio (mesmo com duas chances contra mim, o lucro seria triplicado), a roda ficou girando e deu o número vinte e quatro. Entregaram-me três maços de cinquenta fredericos e dez moedas de ouro; no total, duzentos fredericos se concentraram em minhas mãos.

Como que delirando, apostei todo esse monte de dinheiro na cor vermelha e, de repente, recuperei os sentidos! Só uma vez em toda aquela noite, durante todo o meu jogo, o medo me encheu de frio e fez as minhas mãos e pernas tremerem. Num instante, dei-me conta de que seria para mim uma perda e fiquei apavorado! Toda a minha vida estava em jogo!

— *Rouge!*[4] — gritou o *croupier*, e eu tomei fôlego, sentindo arrepios de fogo cobrirem todo o meu corpo. O pagamento foi feito em papel-moeda; dessa maneira, já tinha quatro mil florins e oitenta fredericos (ainda conseguia, então, acompanhar os cálculos)!

Depois, que me lembre, apostei dois mil florins novamente nos doze números do meio e perdi; apostei o meu ouro e oitenta fredericos, e tornei a perder. Um frenesi se apoderou de mim: peguei aqueles últimos dois mil florins que me restavam e apostei-os nos doze primeiros números — assim a esmo, à toa, sem cálculo algum! Houve, aliás, um momento de espera, cuja impressão se assemelhava, talvez, à que teria tido Madame Blanchard,[5] enquanto caía, em Paris, do seu balão à terra.

---

[3] Trinta e um!

[4] Vermelha!

[5] Blanchard, Marie (1778–1819): mulher aeronauta, morta em decorrência de um incêndio a bordo de seu aeróstato.

— *Quatre!*[6] — gritou o *croupier*. Ao todo, com a aposta precedente, possuía de novo seis mil florins. Eu já me dava por vencedor e não tinha medo de nada, de mais nada, jogando quatro mil florins na cor preta. Umas nove pessoas se apressaram, iguais a mim, a apostar na preta também. Os *croupiers* iam trocando palavras e olhadelas. O público falava, ansioso, ao meu redor.

Deu a preta. A partir de então, não me recordo mais de meus cálculos nem da ordem de minhas apostas. Apenas me lembro, como que sonhando, que já ganhara, parece, uns dezesseis mil florins. De chofre, com três lances malsucedidos perdi doze mil; a seguir, apostei os últimos quatro mil no "*passe*" (porém não sentia mais quase nada nesse momento, só aguardava de modo algo mecânico, sem pensar) e ganhei novamente; depois voltei a ganhar quatro vezes consecutivas. Apenas me lembro que levava dinheiro a milhares; vêm-me, outrossim, à memória os doze números do meio, aos quais me agarrara por serem os mais venturosos. Eles surgiam com certa regularidade — sem falta, três ou quatro vezes seguidas —, depois sumiam por dois lances e acabavam voltando umas três ou quatro vezes a fio. Essa espantosa regularidade ocorre, às vezes, em séries, o que tende a desorientar os jogadores de carteirinha que fazem seus cálculos a lápis. E que terríveis galhofas da sorte é que sucedem nesses casos!

Acho que se passou, no máximo, meia hora desde a minha chegada. De súbito, o *croupier* declarou que eu ganhara trinta mil florins e que a roleta fecharia até a manhã seguinte, pois a banca não se responsabilizava,

---

[6] Quatro!

de uma vez só, por quantias maiores. Peguei todo o meu ouro, coloquei-o nos bolsos, apanhei todas as notas e logo me transferi para a outra roleta, a qual girava na outra mesa, situada na outra sala. A multidão se arrojou toda no meu encalço; um lugar ficou imediatamente desocupado para mim, e comecei a apostar de novo, à toa e sem calcular. Não entendo o que me salvou!

De resto, o cálculo despontava, vez por outra, na minha cabeça. Apegava-me a diversos números e chances, mas deixava-os em seguida, voltando a apostar quase inconsciente. Decerto estava muito distraído; lembro-me de os *croupiers* terem corrigido, amiúde, o meu jogo. Fazia graves erros. Minhas têmporas estavam molhadas de suor e as mãos tremiam. Os polacos vinham oferecer-me seus serviços, contudo eu não escutava ninguém. Minha ventura não se interrompia! Fez-se, de supetão, uma algazarra alegre à minha volta. “Bravo, bravo!” — gritavam todos, havendo quem me aplaudisse. Arranquei, lá também, trinta mil florins, e a banca fechou até o dia seguinte!

— Vá embora, vá — cochichava uma voz à minha direita. Era um judeu de Frankfurt que estava o tempo todo ao meu lado e, de vez em quando, ajudava-me, pelo visto, a jogar.

— Pelo amor de Deus, vá embora — cochichou outra voz ao meu ouvido esquerdo. Dei uma olhada. Era uma dama modesta e decentemente vestida, na casa dos trinta anos, cujo rosto marcado pelo cansaço e palidez doentia ainda lembrava a sua admirável beleza de antanho. Nesse momento eu atulhava meus bolsos de notas amassadas e juntava o ouro que estava na mesa. Pegando o último maço de cinquenta fredericos, coloquei-o, de maneira imperceptível, na mão da pálida dama. Tinha imensa vontade de fazê-lo, e lembro como os fininhos e frágeis dedinhos me apertaram a mão em sinal de sua vivíssima gratidão. Tudo isso se deu num piscar de olhos.

Levando todo o dinheiro, passei depressa para o *trente et quarante.*

Quem joga no *trente et quarante* é o público aristocrático. Não é a roleta, mas, sim, um jogo de cartas. A banca se responsabiliza lá por cem mil táleres de uma vez. A maior aposta é também de quatro mil florins. Desconhecendo totalmente o jogo, eu ignorava quase todas as apostas, à exceção da vermelha e da preta que também integravam o *trente et quarante*. Foi a elas que me agarrei. Todo o cassino me rodeava em multidões. Não me recordo se pensei, ao menos uma vez, em Polina nesse meio-tempo. Sentia então um irresistível prazer em pegar e puxar as notas bancárias que se amontoavam na minha frente.

Era como se o destino me empurrasse de fato. Dessa vez, como que de propósito, surgiu uma das circunstâncias que se repetem, aliás, com frequência durante o jogo. A sorte se liga, por exemplo, à cor vermelha e não a deixa umas dez ou até quinze vezes seguidas. Ouvira falarem, ainda dois dias antes, que na semana anterior a vermelha teria dado vinte e duas vezes a fio; os jogadores não se lembravam de semelhantes casos e contavam sobre isso pasmados. Todos se apressam, bem entendido, a largar a vermelha, e quase ninguém se atreve a apostar nela, digamos, ao cabo de dez lances. Todavia, nenhum dos jogadores experientes aposta então na cor preta, oposta à vermelha. O jogador experiente sabe o que significa aquele "capricho da sorte". Por exemplo, parece que, dando a vermelha dezesseis vezes, o décimo sétimo lance beneficiará, sem falta, a preta. Os novatos caem, aos magotes, neste anzol, dobrando e triplicando suas apostas, e arruínam-se horrivelmente.

Porém, ao notar que a vermelha dera sete vezes consecutivas, eu me agarrei propositalmente a ela, devido a certa estranha teimosia. Estou convencido de que metade disso constituía o amor-próprio; eu queria assombrar os espectadores com o meu risco insano, e — oh, sensação esquisita! — lembro-me bem de uma enorme sede de risco ter-se apossado de mim, repentinamente e sem nenhum desafio do amor-próprio. Pode ser que, ao passar por tantas sensações, a alma não se sacie, mas tão somente fique irritada por elas, exigindo mais sensações ainda e cada vez mais potentes, até se extenuar em definitivo. E não estou mentindo: se as regras do jogo permitissem apostar, de uma vez, cinquenta mil florins, ia apostá-los com toda a certeza. O público gritava ao meu redor que era uma loucura, que a vermelha já tinha dado quatorze vezes!

— *Monsieur a gagné déjà cent mille florins*[7] — ouviu-se perto de mim uma voz.

Subitamente recuperei os sentidos. Como? Naquela noite havia ganho cem mil florins? Precisaria de mais dinheiro? Atirei-me sobre as notas, amassei-as e pus, sem contar, no bolso, juntei todo o meu ouro, puxei todos os maços e deixei correndo o cassino. Todo mundo ria, vendo-me passar através das salas, de bolsos estufados, mancando sob o peso do ouro. Acho que este pesava bem mais de meio *pud*.[8] Algumas mãos se estenderam

---

[7] O senhor já ganhou cem mil florins.

[8] Antiga medida de peso russa, equivalente a 16,38 kg.

em minha direção; eu distribuía dinheiro a punhadões, tanto quanto pegava. Dois judeus pararam-me perto da saída.

— O senhor é corajoso, muito corajoso! — disseram-me eles. — Mas vá embora amanhã de manhã, sem falta e o mais cedo possível, senão vai perder tudo, tudo...

Não lhes dava ouvidos. A alameda estava escura, de modo que eu não conseguia enxergar a própria mão. O hotel ficava a meia *versta* dali. Jamais tivera medo de ladrões nem de salteadores, mesmo quando era pequeno; tampouco pensava neles nesse momento. Não lembro, aliás, em que pensava pelo caminho: faltavam-me pensamentos. Sentia apenas um pavoroso deleite de sucesso, vitória e poderio — não sei como o expressaria. A imagem de Polina também surgia na minha frente; lembrava que ia encontrá-la, compreendia que logo a veria, começando a contar, a mostrar-lhe... porém mal me recordava das suas falas recentes, do objetivo de minha ida, e todas as sensações ainda frescas, que tivera apenas uma hora e meia antes, davam-me agora a impressão de algo bem distante, passado e ultrapassado, algo de que a gente não se lembraria mais, porque tudo estava para recomeçar. Quase no fim da alameda, acometeu-me o medo: "E se me roubarem e me matarem agora?". Esse meu medo dobrava a cada passo. Eu quase corria. De repente, o nosso hotel se avistou no fim da alameda, todo fulgurante com suas inúmeras luzes: graças a Deus, estava em casa!

Subi correndo ao meu andar e rapidamente abri a porta. Polina estava lá, sentada no meu sofá, diante da vela acesa, de braços cruzados. Olhou para mim com admiração: sem dúvida, nesse momento a minha aparência estava bastante estranha. Fiquei plantado na frente dela e pus-me a empilhar todo o meu dinheirão em cima da mesa.

Capítulo 15

Lembro como ela me olhava no rosto, com uma atenção medonha, mas sem mudar de lugar nem mesmo de posição.

— Ganhei duzentos mil francos! — exclamei, jogando o último maço na mesa. Uma pilha enorme de notas e maços de ouro tinha ocupado a mesa toda, e eu não conseguia mais tirar os olhos dela. Por momentos, esquecia-me totalmente de Polina. Ora começava a arrumar esses montes de notas bancárias, pondo-as juntas e separando o ouro amontoado, ora abandonava tudo e punha-me a andar rápido pelo quarto; ficava meditativo e depois novamente me achegava à mesa e recomeçava a contar o dinheiro. De súbito, como que recobrando os sentidos, corri em direção à porta e tranquei-a depressa, com um duplo giro de chave. Parei, a seguir, diante da minha pequena mala.

— E se o colocar na mala até amanhã? — perguntei, pensativo, e de improviso me recordei de Polina, virando-me para ela. Ela continuava sentada no mesmo lugar, sem se mover, de olhos fixos em mim. Não gostei nem um pouco de sua expressão facial, que estava meio estranha! Não seria errado dizer que havia ódio no seu rosto.

Aproximei-me rapidamente dela.

— Polina, eis aqui vinte e cinco mil florins; são cinquenta mil francos, até mais que isso. Tome-os e jogue amanhã na cara dele.

Ela não me respondeu.

— Se quiser, vou levá-los eu mesmo, de manhã cedo. Está bem assim?

Subitamente ela se pôs a rir. Ficou rindo por muito tempo.

Eu olhava para ela com pasmo e certa sensação dolorosa. Seu riso se parecia muito com aquele recente e frequente riso escarninho que sempre irrompia na hora das minhas declarações mais calorosas. Afinal, Polina cessou de rir, fitando-me ríspida, de sobrolho carregado.

— Não tomarei seu dinheiro — disse ela, com desprezo.

— Como assim? O que é isso? — gritei. — Polina, por quê?

— Não aceito dinheiro dado.

— Ofereço-o como seu amigo; ofereço-lhe minha vida!

Ela me lançou um olhar longo e penetrante, como se quisesse traspassar-me com ele.

— Você paga muito — respondeu-me, sorrindo —, a amante de Des Grieux não vale cinquenta mil francos.

— Polina, como você pode falar comigo dessa maneira? — exclamei com reproche. — Seria eu Des Grieux?

— Odeio-o! Sim... sim!... Não o amo mais que a Des Grieux — retrucou ela, de olhos brilhantes.

De chofre, ela tapou o rosto com as mãos e teve um ataque histérico. Vim correndo para ajudá-la.

Compreendi que algo ocorrera com ela durante a minha ausência. Polina estava como que enlouquecida.

— Compra-me! Queres, queres? Por cinquenta mil francos, como Des Grieux? — vociferava, soluçando espasmodicamente. Abracei-a, beijando suas mãos e seus pés, caí de joelhos na frente dela.

A crise passava. Ela me colocou ambas as mãos nos ombros, examinando-me com atenção; parecia que desejava ler algo no meu semblante. Escutava-me, mas aparentemente não ouvia o que lhe estava dizendo. O rosto dela expressava inquietude e reflexão. Eu temia por ela; parecia-me decididamente que o seu juízo se transtornara. Ora ela começava a atrair-me, de manso, a si, enquanto um sorriso confiante passava pelo seu rosto, ora me repelia subitamente e voltava a examinar-me, lúgubre.

Num relance, veio abraçar-me.

— Amas-me, amas? — dizia ela. — É que querias... querias desafiar o barão por minha causa! — Polina soltou uma gargalhada, como se algo suave e engraçado tivesse surgido, de supetão, em sua memória. Ela chorava e ria ao mesmo tempo. O que, pois, tinha a fazer? Estava, eu mesmo, como que febricitante. Lembro como ela tentava dizer-me alguma coisa e como eu não conseguia entender quase nada. Era uma espécie de delírio ou balbucio, como se ela ansiasse por contar-me algo o mais depressa possível, um delírio interrompido, às vezes, pelo mais ledo riso que começava a assustar-me. "Não, não, meu querido, querido!", repetia Polina. "Meu fielzinho!", e tornava a colocar-me as mãos nos ombros, fitava-me e repetia sem parar: "Amas-me... amas... e vais amar?" Eu não tirava os olhos dela; jamais a vira nesses rompantes de amor e ternura. Na realidade, era só um delírio, mas... ao notar os meus olhares apaixonados, ela sorria para mim, maliciosa, ou se referia, não sei por que motivo, a Mister Astley.

Aliás, ela não cessava de mencionar Mister Astley (sobre-tudo, quando buscava contar-me aquela coisa), porém eu não chegava a entender de que se tratava concretamente. Parecia mesmo que ela se ria dele, repetindo sem fim que ele estava esperando, e perguntava-me se sabia que ele se encontrava, nesse exato momento, sob a janela. "Sim, sim, debaixo dessa janela; vai, vai abrir e olha, ele está ali, bem ali!" Ela me empurrava em direção à janela, mas, logo que me dispunha a abri-la, caía na gargalhada e, ficando eu perto dela, abraçava-me outra vez.

— Vamos embora? Vamos embora amanhã, não é? — essas ideias perturbadoras vinham-lhe à cabeça. — Bem... (ela ficou pensativa) bem, conseguiremos alcançar a avó, como achas? Creio que a alcançaremos em Berlim. Como achas, o que ela vai dizer, quando a alcançarmos e ela nos vir? E Mister Astley?.. Pois aquele lá não vai pular do Schlangenberg, como achas? (Ela voltou a gargalhar.) Bem, escuta: sabes aonde ele irá no próximo verão? Ele quer visitar o polo Norte para estudos científicos e convida-me a ir com ele, ah-ah-ah! Diz que nós, os russos, não sabemos de nada, sem os europeus, nem prestamos para nada... mas ele também é gente boa! Sabes, ele perdoa "o general"; diz que Blanche... aquela paixão — não sei, não! — repetiu, de repente, Polina, como que perdendo o fio da conversa. — Eles são infelizes, que pena tenho deles e da avó... Mas escuta, escuta, tu nunca vais matar Des Grieux! Será, será mesmo que tu pensavas em matá-lo? Oh, meu bobinho! Será que podias pensar que eu te deixaria duelar com ele? Nem o barão matarias — acrescentou ela, rindo. — Oh, como estavas ridículo então, com aquele barão; eu olhava para vocês dois do banco; e como tu não querias ir, quando te mandava. Como eu ria então, como ria! — concluiu às risadas.

E ela tornava a beijar-me, a abraçar-me, a apertar o seu rosto no meu com paixão e ternura. Eu não ouvia mais nada, em nada pensava. Ficara estonteado...

Acho que acordei por volta das sete horas da manhã; o quarto estava banhado de sol. Sentada perto de mim, Polina olhava ao redor de maneira estranha, como se estivesse saindo das trevas e reunindo lembranças. Ela também acabava de acordar e examinava a mesa e o dinheiro. Minha cabeça estava pesada e doía. Eu queria pegar na mão de Polina, mas de repente ela me repeliu e levantou-se, num pulo, do sofá. O dia nascente estava nublado; tinha chovido antes do amanhecer. Ela se aproximou da janela, abriu-a, pôs a cabeça e o peito para fora e, apoiando-se nos braços, ficou lá por uns três minutos, de cotovelos sobre o peitoril, sem se virar para mim nem escutar o que eu lhe dizia. Tomado de medo, eu pensava no que ia acontecer e que desfecho teria aquilo tudo. De chofre, ela se afastou da janela, acercou-se da mesa e, fitando-me com expressão de infinito rancor e os lábios trementes de ódio, disse:

— Bem, dá-me agora os meus cinquenta mil francos!

— De novo, Polina, de novo? — comecei.

— Ou já mudaste de ideia? Ah-ah-ah! Talvez já estejas com dó?

Os vinte e cinco mil florins contados ainda na noite anterior estavam em cima da mesa. Tomei-os e dei a Polina.

— Agora são meus, é isso? É isso? — perguntou ela com raiva, segurando o dinheiro nas mãos.

— E sempre foram teus — respondi.

— Então apanha teus cinquenta mil francos! — Com um gesto brusco, ela jogou o dinheiro em mim. O maço bateu dolorosamente em meu rosto e espalhou-se pelo quarto. Feito isso, Polina saiu correndo.

Eu sei que naquele momento ela devia estar fora de si, conquanto não compreenda o seu desvario temporário. Aliás, até hoje, passado um mês, ela continua doente. No entanto, qual foi a razão desse estado e, principalmente, do que ela fizera? Seu orgulho magoado? Seu desespero, tão grande que ela se atrevera, inclusive, a vir ao meu quarto? Será que, em sua opinião, eu me gabava de minha felicidade, querendo, de fato, livrar-me dela, tal e qual Des Grieux, com essa dádiva de cinquenta mil francos? Mas não havia nada disso, é minha consciência que o diz. Creio que parte da culpa foi, igualmente, de sua vaidade que lhe sugerira não me dar crédito e ofender-me, muito embora a situação não estivesse, talvez, bem clara para ela mesma. Nesse caso, tomei as dores de Des Grieux e fiquei culpado, quiçá, sem maiores culpas. Porém, tudo isso era só um delírio; eu sabia que ela estava delirando e... não prestei atenção a tal circunstância. Talvez seja isso que Polina não pode perdoar-me agora? Sim, é agora, mas então, naquele momento? O delírio e a doença dela não eram, sem dúvida, tão fortes assim para deixá-la completamente tonta na hora de vir ao meu quarto com a mensagem de Des Grieux. Ela sabia, pois, o que estava fazendo.

Às pressas e de qualquer jeito, pus todas as minhas notas e todo o montão de ouro na cama, cobri tudo e saí, uns dez minutos depois de Polina. Estava seguro de que ela tinha corrido para casa e queria entrar furtivamente nos aposentos de nossa gente e perguntar à babá, ainda na antessala, sobre a saúde da senhorita. Qual não foi a minha admiração, quando, encontrada na escada, a babá me informou que Polina ainda não voltara e que a própria babá ia buscá-la no meu quarto.

— Agora — disse-lhe —, agorinha, uns dez minutos atrás, ela saiu de lá, mas aonde é que foi?

A babá olhou para mim com exprobração.

Havia-se formado, entrementes, toda uma história que já percorria o hotel. Cochichava-se, na recepção e no escritório do gerente, que a *Fräulein*[1] saíra do hotel de manhã, às seis horas, e fora correndo, debaixo da chuva, em direção ao Hôtel d'Angleterre. Pelas palavras e alusões dos funcionários, eu percebi que eles já sabiam que Polina tinha passado a noite inteira no meu quarto. De resto, já se falava em toda a família do general: soube-se que, no dia anterior, o general andava perdendo o juízo e chorava de modo que todo o hotel ouvisse. Contava-se ainda que a velha visitante seria a mãe dele, a qual teria vindo adrede da própria Rússia para proibir o casamento do filho com Mademoiselle de Cominges e deserdá-lo, acaso desobedecesse, e, como ele realmente desobedecera, a condessa perdeu todo o seu dinheiro na roleta, a olhos vistos e também adrede, a fim de o filho não receber nenhuma herança. "*Diese Russen*!"[2] — repetia o gerente com indignação, abanando a cabeça. Os outros riam. O gerente preparava a minha conta. Meu ganho já era notório; Karl, o lacaio do hotel, foi o primeiro a felicitar-me. Contudo eu não lhes dava atenção. Corri ao Hôtel d'Angleterre.

---

[1] Senhorita (em alemão).

[2] Estes russos! (em alemão).

Ainda era cedo, e Mister Astley não recebia ninguém. Todavia, ao saber que eu viera, ele saiu do quarto e ficou plantado na minha frente, taciturno, cravando em mim seu olhar de estanho e esperando pelo que eu ia dizer. Logo lhe perguntei por Polina.

— Ela está doente — respondeu Mister Astley, olhando para mim de maneira atenta e fixa.

— Pois ela está realmente com você?

— Oh, sim, comigo.

— Então você... você pretende mantê-la aí?

— Oh, sim, pretendo.

— Mister Astley, isso produzirá um escândalo, não se faz isso. Ademais, ela está muito doente, talvez você não tenha notado.

— Oh, sim, eu notei e já lhe disse que ela está doente. Se não estivesse doente, não teria passado a noite no seu quarto.

— Você sabe disso também?

— Eu sei disso. Ontem ela estava vindo para cá, e eu a levaria a uma parenta minha, mas, como estava doente, errou de caminho e foi ao seu quarto.

— Imagine só! Meus parabéns, Mister Astley. A propósito, você me dá uma ideia: será que passou a noite inteira debaixo da nossa janela? Miss Polina me mandava, durante a noite toda, abrir a janela para ver se não estava lá embaixo, e ria com puro gosto.

— Verdade? Não estava sob a janela, não; esperava no corredor e andava em volta.

— Mas ela precisa de tratamento, Mister Astley.

— Oh, sim, já chamei um médico, e, se ela morrer, você será culpado de sua morte e prestar-me-á contas.

Fiquei pasmado:

— Misericórdia, Mister Astley, que ideia é essa?

— É verdade que ontem você ganhou duzentos mil táleres?

— Apenas cem mil florins.

— Está vendo? Vá, pois, hoje mesmo a Paris.

— Por quê?

— Todos os russos endinheirados vão a Paris — esclareceu Mister Astley com a voz e entonação de quem estivesse lendo um livro.

— O que vou fazer agora, no verão, em Paris? Amo-a, Mister Astley! Você mesmo sabe.

— Ama mesmo? Por certo, não. Além disso, se ficar aqui, perderá certamente tudo e não terá mais com que ir a Paris. Adeus... Tenho toda a certeza de que hoje você irá lá.

— Está bem, adeus, mas não irei a Paris. Pense bem, Mister Astley, no que vai acontecer conosco. Numa palavra, o general... e agora essa aventura com Miss Polina — toda a cidade saberá disso.

— Toda a cidade, sim; aliás, o general nem sequer pensa nisso e, a meu ver, anda preocupado com outras coisas. Ademais, Miss Polina tem pleno direito de viver onde quiser. Quanto àquela família toda, pode-se dizer logo que aquela família não existe mais.

Indo embora, ria-me da estranha convicção desse inglês de que eu havia de viajar a Paris. "Entretanto ele quer matar-me em duelo", pensava "se Mademoiselle Polina morrer; faltava mais essa!". Juro que tinha pena de Polina, mas, coisa bizarra: a partir do momento em que toquei, no dia anterior, na mesa de jogo e comecei a pegar maços de dinheiro, o meu amor como que ficou em segundo plano. Digo isso agora, mas então ainda não o via com clareza. Será que realmente sou jogador, será que realmente... amei Polina desse modo estranho? Não, seja Deus testemunha, amo-a até hoje! E naquele momento, ao deixar Mister Astley para voltar ao hotel, estava francamente sofrendo e culpando-me. Mas... mas uma história de esquisitice e estupidez extraordinárias ia acontecer comigo.

Quando subia, às pressas, ao apartamento do general, uma porta se abriu, de repente, ao lado deste, e alguém me chamou. Era Madame *veuve* Cominges que vinha da parte de Mademoiselle Blanche. Entrei no apartamento delas.

O apartamento era pequeno, de dois cômodos. No quarto ouviam-se risos e gritos de Mademoiselle Blanche. Ela se levantava da cama.

— *Ah, c'est lui!! Viens donc, bêta!* É verdade que *tu as gagné une montagne d'or et d'argent? J'aimerais mieux l'or.*[3]

— Ganhei — respondi, rindo.

— Quanto?

— Cem mil florins.

— Bibi, *comme tu es bête*. Vem, entra cá, não ouço nada. *Nous ferons bombance, n'est-ce pas?*[4]

Entrei no seu quarto. Ela se repimpava sob uma coberta rosa de cetim, deixando à mostra os ombros bronzeados, robustos, admiráveis, ombros com que só se podia sonhar, realçados pela sua camisola de cambraia orlada de alvíssimas rendas, a qual combinava perfeitamente com a pele morena dela.

---

[3] Ah, é ele!! Vem cá, bobinho! (...) ganhaste um monte de ouro e de prata? Eu preferiria o ouro.

[4] Bibi, como és bobo. (...) Faremos uma farra, não é?

— *Mon fils, as-tu du coeur?*[5] — exclamou Mademoiselle Blanche, tão logo me viu, e deu uma gargalhada. Seu riso era sempre muito alegre e, vez por outra, até sincero.

— *Tout autre...*[6] — ia responder, parafraseando Corneille.[7]

— Estás vendo, *vois-tu* — de súbito, ela se pôs a tagarelar. — Primeiro, procura as minhas meias e ajuda a calçá-las, e segundo, *si tu n'es pas trop bête, je te prends à Paris.*[8] Sabes, vou lá agorinha.

— Agorinha?

— Dentro de meia hora.

Suas malas estavam, de fato, prontas. Todas as bagagens tinham sido arrumadas, e o café da manhã, servido há tempo.

— *Eh bien*! Se quiseres, *tu verras Paris. Dis donc qu'est-ce que c'est qu'un outchitel? Tu étais bien bête, quand tu étais outchitel.*[9] Onde estão minhas meias? Calça-me, vai!

Ela exibiu um pezinho realmente adorável, moreno, pequenininho, não deformado como a maioria daqueles pés que parecem tão lindos de botins. Comecei a puxar, às risadas, uma meia de seda sobre a perna dela. Enquanto isso, Mademoiselle Blanche estava sentada na cama, tagarelando.

---

[5] Meu filho, és corajoso?

[6] Qualquer outro...

[7] Corneille, Pierre (1606–1684): dramaturgo francês; as frases supracitadas são extraídas do seu drama *O Cid*.

[8] (...) se não fores bobo demais, eu te levo a Paris.

[9] Pois bem, (...) verás Paris. Diz então, o que é um preceptor? Estavas muito bobo, quando eras preceptor.

— *Eh bien, que feras-tu, si je te prends avec*? Primeiro, *je veux cinquante mille francs*. Dá-los-ás para mim em Frankfurt. *Nous allons à Paris*; lá viveremos juntos *et je te ferai voir des étoiles en plein jour.*[10] Tu vais ver tais mulheres que jamais viste. Escuta...

— Espera aí, se eu te der cinquenta mil francos, o que sobrará para mim?

— *Et cent cinquante mille francs,*[11] já esqueceste? Além disso, topo morar no teu apartamento um mês, dois meses, *que sais-je!*[12] Na certa, vamos gastar esses cento e cinquenta mil francos em dois meses. Estás vendo, *je suis bonne enfant* e digo-te isso de antemão, *mais tu verras des étoiles.*[13]

— Como assim: tudo em dois meses?

— Como? Isso te amedronta? Ah, *vil esclave!*[14] E tu sabes que um mês dessa vida é melhor que toda a tua existência? Um mês, *et après le déluge*! *Mais tu ne peux comprendre, va!*[15] Vai embora, vai, tu não vales isso! Ai, que *fais-tu?*[16]

Nesse momento, calçava-lhe o outro pezinho, mas não me contive e beijei-o. Ela me retirou o pé e deu umas pancadas, com a pontinha deste, no meu rosto. Pôs-me, afinal, fora. "*Eh bien, mon outchitel, je t'attends, si*

---

[10] Pois bem, o que vais fazer, se te levar comigo? (...) quero cinquenta mil francos. (...) Nós vamos a Paris; (...) e eu te farei ver estrelas em pleno dia.

[11] E os cento e cinquenta mil francos...

[12] Sei lá.

[13] (...) sou boa menina (...) mas tu verás estrelas.

[14] (...) vil escravo!

[15] (...) e depois o dilúvio! Mas tu não podes compreender, vai!

[16] (...) o que estás fazendo?

tu veux;[17] partirei daqui a um quarto de hora!" — gritou, quando eu saía.

De volta ao hotel, eu estava como que entontecido. Pois bem, não sou o culpado de Mademoiselle Polina ter-me jogado na cara um maço de dinheiro e ter preferido a mim, ontem ainda, Mister Astley. Algumas notas do maço desfeito continuavam espalhadas pelo chão; vim apanhá-las. Nesse momento a porta se abriu e apareceu o gerente em pessoa (o qual antes nem sequer se dignava a olhar para mim) com o convite: o senhor não desejaria mudar-se para um excelente apartamento, no andar de baixo, em que acabou de hospedar-se o Conde V.?

Fiquei cismando, imóvel.

— A conta! — gritei a seguir. — Vou embora dentro de dez minutos. — "Se for Paris, que seja Paris!", pensei. "Talvez seja este o meu destino!"

Um quarto de hora depois, estávamos mesmo sentados, nós três, num vagão de família: eu, Mademoiselle Blanche e Madame *veuve* Cominges. Olhando-me, Mademoiselle Blanche gargalhava até o fricote, e a *veuve* Cominges a acompanhava. Não diria que eu também estivesse alegre. A vida ia rachar-se ao meio, mas, a partir do dia anterior, eu costumava apostar tudo de vez. Seria verdade que não teria suportado o dinheiro, ficando tonto? *Peut-être, je ne demandais pas mieux.*[18] Parecia-me que por um tempo — apenas por um tempo — os cenários mudariam. "Mas daqui a um mês estarei cá de novo, então... pois então vamos medir nossas forças, Mister

---

[17] Pois bem, meu preceptor, eu te espero, se quiseres...

[18] Pode ser, eu não buscava coisa melhor.

Astley!" Não, que me lembre agora, estava muito triste, se bem que risse à porfia com essa bobinha Blanche.

— O que tens? Como és tolo! Oh, como és tolo! — exclamava Blanche, interrompendo o seu riso e começando a censurar-me com seriedade. — Pois sim, pois sim, sim, a gente vai torrar os teus duzentos mil francos, mas, em compensação, *tu seras heureux, comme un petit roi;*[19] eu mesma vou atar tua gravata e apresentar-te-ei a Hortense. E quando gastarmos todo o nosso dinheiro, tu voltarás aqui e quebrarás outra vez a banca. O que te disseram os judeus? O que importa é a coragem que tens, e tu me trarás, várias vezes, dinheiro a Paris. *Quant à moi, je veux cinquante mille francs de rente et alors...*[20]

— E o general? — perguntei.

— O general, como bem sabes, vai todo dia, nesta hora, comprar para mim um buquê. Desta vez pedi, de propósito, que arranjasse as flores mais raras. O coitadinho volta, e o passarinho já foi voando. Ele correrá atrás de nós, tu vais ver. Ah-ah-ah! Estarei muito contente. Precisarei dele em Paris, e quem pagará as contas daqui é Mister Astley...

Dessa maneira é que fui então a Paris.

Capítulo 16

O que direi de Paris? Tudo aquilo era, por certo, tanto o delírio quanto a traquinice. Morei em Paris apenas três semanas e pouco, e nesse período foram

---

[19] (...) serás feliz, como um pequeno rei...

[20] Quanto a mim, quero cinquenta mil francos de renda, e então...

completamente desbaratados os meus cem mil francos. Só falo nessa quantia; os outros cem mil tinham sido entregues a Mademoiselle Blanche em dinheiro vivo: cinquenta mil em Frankfurt e mais cinquenta mil três dias depois, em Paris, trocados por uma cambial que ela, aliás, transformaria em dinheiro ao cabo de uma semana; *"et les cent mille francs, qui nous restent, tu les mangeras avec moi, mon outchitel"*.[1] Ela não cessava de chamar-me de preceptor. É difícil imaginar, neste mundo, algo mais calculista, sórdido e sovina do que a classe de seres como Mademoiselle Blanche. Mas isso se referia somente ao seu dinheiro. Quanto aos meus cem mil francos, ela me declarou depois, sem rodeios, que precisava deles para se estabelecer inicialmente em Paris. "Agora que tenho uma situação respeitável de uma vez por todas, ninguém me tirará dessa por muito tempo; foi assim, pelo menos, que decidi" — acrescentou ela. De resto, eu quase não tinha visto esses cem mil: enquanto Blanche tomava conta do dinheiro, no meu porta-níqueis, vasculhado por ela todos os dias, acumulavam-se, quando muito, cem francos e nunca mais do que isso.

"Para que é que tu queres dinheiro?" — dizia ela, por vezes, com o ar mais ingênuo, e eu não discutia com ela. Em compensação, ela fez, com esse dinheiro, uma reforma nada má no seu apartamento e, quando me trouxe, mais tarde, à festa inaugural, disse, mostrando os cômodos: "Eis o que podem fazer o cálculo e o gosto, mesmo com os meios mais míseros". Essa miséria custara, porém, cinquenta mil francos. Com os cinquenta

[1] (...) e os cem mil francos que nos restam, comê-los-ás comigo, meu preceptor.

mil que restavam, ela comprou uma carruagem com os cavalos, e, além disso, fizemos dois bailes, isto é, duas festinhas que prestigiaram Hortense, Lisette e Cléopâtre, as mulheres admiráveis em muitos e muitos sentidos, e até mesmo bonitas. Naquelas duas festinhas, eu tive de assumir o estupidíssimo papel de dono da casa, cumprimentando e divertindo os comerciantes de quinta, enriquecidos e bem obtusos, insuportáveis com sua ignorância e sem-vergonhice, diversos suboficiais, reles escribas e ínfimos jornalistas que vinham com suas casacas em voga e luvas da cor de palha, com a vaidade e a arrogância de tais proporções que mesmo em Petersburgo (e isso significa, por si só, muita coisa) seria impensável ostentá-las. Eles até resolveram zombar de mim, mas eu me embebedei com champanhe e fiquei deitado no quarto dos fundos. Tudo isso me provocava muitíssimo asco. “*C'est un outchitel*”, comentava sobre mim Blanchc “*il u gagné deux cent mille francs*[2] e não saberia, sem minha ajuda, como gastá-los. E depois ele voltará a ser preceptor. Alguém conhece uma vaga dessas? Temos de fazer alguma coisa por ele”. Comecei a recorrer ao champanhe com bastante frequência, porque estava, o tempo todo, muito triste e extremamente enfadado. Vivia no mais burguês e mercantil ambiente, em que cada tostão era medido e computado. Blanche não gostava nada de mim nas primeiras duas semanas, reparei nisso; tinha-me vestido com elegância e atava, pessoal e diariamente, a minha gravata, mas na verdade, no fundo, desprezava-me sinceramente. Eu não dava àquilo a mínima atenção. Entediado e triste, tomara o

---

[2] É um preceptor (...), ele ganhou duzentos mil francos...

hábito de ir ao *Château des Fleurs,*[3] onde me embriagava regularmente, todas as noites, e aprendia o cancã (que lá dançam de maneira péssima), chegando, mais tarde, a adquirir certa notoriedade nessa área. Por fim, Blanche me desmascarou. Ela fizera, de antemão, a ideia de que, durante todo o nosso convívio, eu andaria no seu encalço com lápis e papelzinho nas mãos, sem parar de contar quanto ela teria gasto e quanto teria furtado, quanto ainda ia gastar e quanto furtar. E tinha, sem dúvida, a certeza de que por causa de cada dez francos teríamos uma batalha. Havia, de antemão, preparado refutações para cada meu presumível ataque, contudo, sem se ver atacada de modo algum, começou a refutar-me assim mesmo. Travava, de vez em quando, conversas acaloradas, mas, vendo-me taciturno, em regra prostrado num canapé, de olhos fixos no teto, ficava, enfim, pasmada. De início, ela achava que eu fosse apenas bobo, *un outchitel,* e simplesmente interrompia as suas altercações, decerto pensando consigo: "É que ele é bobo; não adianta explicar-lhe, se não entende sozinho". Às vezes, ela ia embora, porém regressava uns dez minutos depois (isso acontecia durante as mais infrenes gastanças dela, gastanças absolutamente incompatíveis com os nossos meios: por exemplo, ela comprara, por dezesseis mil francos, um novo par de cavalos).

— Pois então, Bibi, não estás zangado? — ela se achegava a mim.

— Nã-ã-ão! Abor-r-receste! — dizia eu, afastando-a com a mão, mas isso lhe despertava tamanha curiosidade que ela não demorava em sentar-se ao meu lado.

---

[3] Castelo das flores.

— Estás vendo, se decidi pagar tanto, foi porque os vendiam oportunamente. Podemos revendê-los por vinte mil francos.

— Acredito-te, acredito. Os cavalos são excelentes, agora tens uma ótima carruagem. Serve-te à vontade e basta.

— Então não estás zangado?

— Por quê? É inteligente arranjar umas coisinhas necessárias. Vais usufruir tudo isso depois. Eu vejo que estás realmente precisando dessa situação; de outra maneira, não ganharás teus milhões. Os nossos cem mil francos são só o começo, uma gota no mar.

Blanche, que menos esperava de mim essas reflexões (em lugar de gritos e reprimendas!), parecia ter caído das nuvens.

— Então... então és assim! *Mais tu as de l'esprit pour comprendre! Sais-tu, mon garçon,*[4] ainda que sejas preceptor, devias ter nascido príncipe! Não te aborreces, pois, que o dinheiro se vá tão rápido?

— Tomara que acabe logo!

— *Mais... sais-tu... mais dis donc*, serás rico? *Mais sais-tu*, é que desprezas demais o dinheiro. *Qu'est-ce que tu feras après, dis donc?*[5]

— *Après* irei a Homburg[6] e ganharei mais cem mil francos.

— *Oui, oui, c'est ça, c'est magnifique!*[7] Eu sei que ganharás sem falta e trarás o dinheiro aqui. *Dis donc*, tu farás que te ame de verdade! *Eh bien*, já que és assim,

---

[4] Mas tu tens argúcia para compreender! Sabes, meu garoto...
[5] Mas... sabes... mas diz-me (...) O que vais fazer depois, diz?
[6] Cidade localizada na parte ocidental da Alemanha.
[7] Sim, sim, é isso aí, é magnífico!

vou amar-te o tempo todo e não te trairei nunca. Estás vendo, nesse meio-tempo, embora não te amasse, *parce que je croyais que tu n'es qu'un outchitel* (*quelque chose comme un laquais, n'est-ce pas*?), era, assim mesmo, fiel, *parce que je suis bonne fille.*[8]

— Mentira! E Albert, aquele oficial moreninho, não te peguei com ele da última vez?

— *Oh, oh, mais tu es...*[9]

— Deixa de mentir, vai! Pensas que eu estou zangado? Estou cuspindo para isso! *Il faut que jeunesse se passe.*[10] Não vais expulsá-lo, que veio antes de mim e que tu gostas dele. Mas não lhe dês dinheiro, ouviste?

— Pois nem com isso te zangas? *Mais tu es un vrai philosophe, sais-tu? Un vrai philosophe!* — exclamou ela, entusiasmada. — *Eh bien, je t'aimerai, je t'aimerai: tu verras, tu seras content!*[11]

E foi desde então, de fato, que ela se apegou aparentemente a mim, criando uma espécie de amizade. Assim se passaram os nossos últimos dez dias. Não vi as "estrelas" prometidas, mas, em certos sentidos, ela realmente cumpriu as suas promessas. Apresentou-me, ainda por cima, a Hortense, que era, à sua maneira, uma mulher extraordinária, chamada em nosso círculo de *Thérèse-philosophe*...[12]

---

[8] (...) porque achava que eras apenas um preceptor (algo como um lacaio, não é?) (...) porque sou boa moça.

[9] (...) mas tu és...

[10] Temos de aproveitar a juventude.

[11] Mas tu és um verdadeiro filósofo, sabes? Um verdadeiro filósofo! (...) Pois bem, eu te amarei, eu te amarei: tu vais ver, ficarás contente!

[12] Alusão à protagonista do homônimo romance erótico, publicado, anonimamente, em 1748.

De resto, não vale a pena contar sobre o assunto; aquilo tudo bem poderia compor um relato à parte, com um colorido particular, que não me apetece inserir nesta narração. É que eu desejava, com todas as forças, que tudo chegasse ao fim o mais cedo possível. Porém os nossos cem mil francos duraram, como já disse, quase um mês, causando-me verdadeiro espanto: desse dinheiro, Blanche gastara, ao menos, oitenta mil com as suas compras, e mais vinte mil tinham sido gastos no dia a dia, contudo o dinheiro não acabara logo. Blanche, que no fim já estava quase sincera comigo (pelo menos, não me mentia acerca de certas coisas), reconheceu que eu não teria de pagar as dívidas contraídas, forçadamente, por ela. "Não te fazia assinar as contas e cambiais", dizia-me, "por ter pena de ti. Qualquer outra mulher faria isso e mandar-te-ia para a cadeia. Estás vendo, hein, como eu te amava e como sou boazinha! Só aquele diabo de casamento nos custará tanta coisa!".

Tivemos, de fato, um casamento. Este se deu no final de nosso mês, e seria de supor que tivesse consumido as últimas sobras dos meus cem mil francos. Assim o nosso caso, quer dizer, o nosso mês terminou, e logo a seguir eu fui formalmente dispensado.

Eis o que ocorreu. Uma semana depois de nossa instalação em Paris, veio o general. Veio direto à casa de Blanche e, desde a sua primeira visita, praticamente ficou conosco, se bem que tivesse por lá um pequeno apartamento. Blanche o recebeu alegre, com seus estridentes gritos e gargalhadas, e acorreu, inclusive, para abraçá-lo; a partir dali, fez que ele não se afastasse mais dela, seguindo-a por toda parte: no bulevar e nos passeios de carruagem, no teatro e nas casas dos conhecidos.

O general ainda prestava para tal uso: bastante alto, de costeletas e bigode (antigamente servira no corpo de couraceiros) pintados e de semblante vistoso, embora um tanto gordo, tinha uma postura assaz imponente e decente. Suas maneiras eram excelentes; ele sabia usar a casaca e, em Paris, começou a exibir suas condecorações. Andar pelo bulevar com um homem desses era não só possível, mas, permitida esta expressão, até *recomendável*. Bondoso e simplório, o general estava muitíssimo contente com tudo isso, pois, quando chegou a Paris e apareceu em nossa casa, contava com outra recepção. Veio, daquela feita, quase tremendo de medo por achar que Blanche fosse mandar, aos berros, pô-lo na rua; portanto, ficou todo entusiasmado com a reviravolta e permaneceu todo o mês num estado de inconsciente exaltação, estado em que o deixei, por sinal. Mais tarde, soube em detalhes que, após a nossa inesperada partida de Rolettenburg, acometera-o, na mesma manhã, uma espécie de crise nervosa. O general caiu sem sentidos e depois passou a semana toda dizendo bobagens, quase enlouquecido. Tentaram tratá-lo, mas ele abandonou tudo, de repente pegou um trem e veio a Paris. A hospitalidade de Blanche era, bem entendido, o melhor dos remédios; no entanto, os sintomas do distúrbio persistiram por muito tempo, apesar desse seu estado alegre e exaltado. Ele não tinha mais a menor capacidade de raciocinar, nem mesmo de levar uma conversa minimamente séria, e limitava-se, nesse último caso, a acrescer "hum!" a cada palavra e abanar a cabeça. Frequentemente ria, mas com um riso nervoso e doentio, como se estivesse histérico; outras vezes, passava horas e horas sombrio como a noite, carregando as suas espessas sobrancelhas.

Nem se lembrava de várias coisas, andava absurdamente distraído e tomou o hábito de falar sozinho. Só Blanche sabia animá-lo; aliás, suas crises de soturnidade, quando ele se recolhia, sombrio, num canto, significavam apenas que não vira, há tempo, Blanche, ou que Blanche tinha ido a algum lugar sem o levar consigo, ou então que, saindo, ela não lhe fizera carinho. Entretanto, ele mesmo não sabia que estava lúgubre e triste, nem poderia dizer o que queria. Sentado por uma ou duas horas (reparei nisso umas duas vezes, tendo-se Blanche ausentado o dia inteiro, provavelmente na companhia de Albert), o general começava, de supetão, a olhar em redor e a agitar-se, como se estivesse recordando algo ou procurando alguém; todavia, sem ter visto ninguém nem recordado o que ia perguntar, imergia de novo nesse torpor, até que Blanche reaparecesse, de chofre, com suas risadas sonoras — alegre, ligeira, janota. Ela se aproximava correndo dele, começava a sacudi-lo e mesmo o beijava, o que, de resto, não era um favor frequente. Uma vez ele se alegrou tanto com sua vinda que desandou a chorar, deixando-me assombrado.

Logo que o general apareceu em nossa casa, Blanche começou a advogar por ele na minha frente. Usava até a eloquência, lembrando que o traíra por minha causa, que tinha sido quase a noiva dele, dando-lhe sua palavra, que por causa dela o general abandonara a família e, finalmente, que eu trabalhara na casa dele e deveria entender isso e sentir-me envergonhado... Eu permanecia calado, e ela tagarelava sem trégua. Por fim, pus-me a rir, e nossa conversa acabou nisso, ou seja, primeiro Blanche pensou que eu era tolo, e depois lhe veio a ideia de que seria uma pessoa muito boa e correta. Em breves termos, tive a plena felicidade de merecer, afinal de contas, toda a benevolência daquela digna moça (aliás, Blanche era, de fato, uma moça generosíssima — à sua maneira, bem entendido; a princípio, não lhe dava tanto valor). "És um homem inteligente e bondoso", dizia-me ela, perto do fim, "e... e... só é pena que sejas tão bobo! Não vais acumular nada, nada mesmo!".

"*Un vrai russe, un calmouk!*"[13] Ela me mandou, várias vezes, passear com o general pelas ruas, como se fosse um lacaio levando a passeio o cachorrinho dela. Levei-o, de resto, ao teatro, ao Bal Mabille[14] e aos restaurantes. Blanche custeava essas visitas, conquanto o general tivesse seu próprio dinheiro e adorasse tirar a carteira em público. Um dia, quase fui obrigado a recorrer à força para impedi-lo de comprar, por setecentos francos, um broche, com o qual ele se encantara no Palais Royal e que queria, custasse o que custasse, presentear a Blanche. Um broche de setecentos francos seria uma bugiganga para ela, e todo o dinheiro do general não excedia mil francos. Eu nunca soube de onde lhe viera aquele dinheiro. Acho que de Mister Astley, tanto mais que este pagara as contas de nossa gente no hotel. Quanto à maneira como o general olhava para mim, nesse tempo todo, tenho a impressão de que ele nem desconfiasse das minhas relações com Blanche. Embora tivesse ouvido os rumores de eu ter ganho uma fortuna, provavelmente acreditava que eu fosse uma espécie de secretário particular de Blanche ou, sabe-se lá, um criado dela. Pelo menos, continuava a tratar-me com altivez,

---

[13] Um verdadeiro russo, um calmuco!

[14] Famosa danceteria parisiense inaugurada em 1831.

de chefe a subalterno, e até começava, vez por outra, a exprobrar-me. Um dia fez nós dois, eu e Blanche, rirmos muito durante o nosso café da manhã. O general não era uma pessoa tão melindrosa assim, mas de repente ficou sentido comigo. Até agora não compreendo o porquê, mas ele mesmo, sem dúvida, não o compreendia. Numa palavra, ele abriu um discurso sem começo nem fim, *à bâtons rompus*,[15] gritando que eu era um moleque, que ele ia ensinar... que ele faria entender... e assim por diante. Ninguém podia entender nada, e Blanche se desfazia em riso. Enfim conseguimos acalmá-lo e levá-lo a passeio. Muitas vezes eu notava, aliás, que ele se entristecia, lamentava alguma pessoa ou coisa, sentia falta de alguém, mesmo na presença de Blanche. Em tais momentos ele puxou, umas duas vezes, conversa comigo, mas nunca soube explicar-se direito, recordando-se do serviço militar, da esposa finada, da sua propriedade, das suas posses. Agadanhava alguma palavra e alegrava-se em repeti-la cem vezes por dia, ainda que ela não exprimisse seus sentimentos nem pensamentos. Tentei conversar com o general sobre os seus filhos, mas ele mudava de assunto o mais depressa possível, limitando-se a dizer suas entrecortadas frases de sempre: "Sim, sim! Filhos, filhos, você tem razão, filhos!". Só uma vez é que ficou enternecido (íamos ao teatro): "Pobres crianças!", disse-me de improviso. "Sim, prezado senhor, sim, po-o-obres crianças!" E depois repetiu, várias vezes no decorrer dessa noite: pobres crianças! Quando lhe fiz uma pergunta sobre Polina, até ficou furioso. "É uma mulher ingrata!" exclamou. "Ela é má e ingrata! Cobriu

[15] Sem nexo.

a nossa família de vergonha! Se houvesse leis por aqui, ia torcê-la como um corno de carneiro! Isso, i-i-isso!" Quanto a Des Grieux, nem sequer conseguia ouvir seu nome. "Ele acabou comigo", dizia, "ele me roubou, ele me degolou! Tem sido o meu pesadelo durante dois anos inteiros! Tenho sonhado com ele meses a fio! É, é, é... oh, não me fale jamais sobre ele!".

Eu percebia que o general se entendia com Blanche, mas ficava, como de praxe, calado. Ela foi a primeira a informar-me, exatamente uma semana antes de nossa separação.

— *Il a de la chance*[16] — tagarelava ela. — Agora a avó está mesmo doente e morrerá com certeza. Mister Astley mandou um telegrama; concorde que, apesar de tudo, ele é herdeiro dela. Ainda que não o fosse, não ia atrapalhar nada. Primeiro, ele tem sua pensão, e segundo, vai morar num quarto ao lado e estará totalmente feliz. Eu serei *madame la générale*. Entrarei numa boa sociedade (Blanche sonhava com isso constantemente); em seguida, serei uma fazendeira russa, *j'aurai un château, des moujiks, et puis j'aurai toujours mon million.*[17]

— E se ele sentir ciúmes, se começar a reclamar... Deus sabe o quê, entendes?

— Oh, não; *non*, *non*, *non*! Como ele ousará? Tomei minhas providências, não te preocupes. Já o fiz assinar algumas cambiais em nome de Albert. Qualquer coisa, e ele logo será castigado. Não, ele não ousará!

— Casa-te, então...

---

[16] Ele está com sorte.

[17] (...) terei um castelo, servo, e, além disso, sempre terei o meu milhão.

O casamento foi celebrado sem muita pompa, em família e de mansinho. Albert e mais alguns próximos tinham sido convidados, sendo Hortense, Cléopâtre e similares pessoas afastadas de modo resoluto. O noivo estava todo interessado em sua situação. Blanche lhe atara, pessoalmente, a gravata e engomara-o; com a sua casaca e o colete branco, o general parecia *très comme il faut.*[18]

— *Il est pourtant très comme il faut*[19] — anunciou-me a própria Blanche, ao sair do quarto do general, como se a ideia de este ser *très comme il faut* tivesse espantado a ela mesma. Participando daquilo tudo na qualidade de espectador indolente, eu prestava tão pouca atenção aos detalhes que acabei esquecendo muita coisa do ocorrido. Só lembro que Blanche não era a Mademoiselle de Cominges, bem como sua mãe não era a *veuve* Cominges, mas, sim, du Placet. Não sei por que até lá as duas se chamavam de Cominges. Todavia o general ficou muito contente com isso também, e o sobrenome du Placet lhe agradou ainda mais que de Cominges. Na manhã do casamento ele, já todo vestido, não parava de andar para frente e para trás, pela sala, repetindo consigo mesmo: "Mademoiselle Blanche du Placet! Blanche du Placet! Du Placet! A senhorita Blanca du Placet!..", com ares de seriedade e imponência extraordinárias, e certa fatuidade brilhava no rosto dele. Na igreja, na prefeitura e em casa, servidos os petiscos, estava não apenas contente e alegre, como também orgulhoso. Algo teria acontecido com eles dois. Blanche também passara a aparentar certa dignidade peculiar.

---

[18] Muito decente.

[19] Porém, ele é muito decente.

— Agora tenho de comportar-me de maneira completamente outra — disse-me ela com uma seriedade demasiada —, *mais vois-tu*, não tinha pensado numa coisa execrável. Imagina que até hoje não consigo decorar o meu sobrenome atual: Zagoriânski, Zagoziânski, *madame la générale de Sago-Sago, ces diables des noms russes, enfin madame la générale à quatorze consonnes! Comme c'est agréable, n'est-ce pas?*[20]

Finalmente nos separamos, e Blanche, essa bobinha Blanche, chegou a chorar, despedindo-se de mim. "*Tu étais bon enfant*", dizia ela, choramingando. "*Je te croyais bête et tu en avais l'air,*[21] mas isso combina contigo." E, já após o último aperto de mão, exclamou de repente: "*Attends!*",[22] foi correndo à sua alcova e, passado um minuto, trouxe-me duas notas de mil francos. Eu nunca teria acreditado nisso! "Vais precisar desse dinheiro; talvez sejas um preceptor bem instruído, mas és um homem horrivelmente tolo. Não te darei mais que dois mil, de jeito nenhum, porque os perderás em todo caso. Adeus, pois! *Nous serons toujours bons amis*, e, se ganhares de novo, não deixes de vir para cá, *et tu seras heureux!*"[23]

Eu mesmo ainda tinha cerca de quinhentos francos; possuía, ademais, um excelente relógio de mil francos, os botões de punho com diamantes e mais coisas, de modo que poderia viver com isso bastante tempo, sem me preocupar com nada. Foi de propósito que me instalei

---

[20] (...) senhora generala de Sago-Sago, esses diabólicos nomes russos, enfim, senhora generala de quatorze consoantes. Como é agradável, não é?

[21] Eras bom menino. Achava-te bobo e parecias mesmo...

[22] Espera!

[23] Sempre seremos bons amigos (...) e ficarás feliz!

nesta cidadezinha: para pôr em ordem os meus negócios e, principalmente, à espera de Mister Astley. Estou seguro de que ele ficará aqui, de passagem, por um dia. Vou inteirar-me de tudo... e depois — depois direto a Homburg. Não vou a Rolettenburg, a não ser no ano que vem. Diz-se, realmente, que é mau augúrio tentar a sorte duas vezes seguidas na mesma mesa, e lá em Homburg o jogo é de verdade.

Capítulo 17

Já faz um ano e oito meses que não toco mais neste meu diário; só agora, tomado de aflição e tristeza, é que resolvi distrair-me e casualmente o reli. Tinha acabado, então, por escrever que iria a Homburg. Meu Deus, com que humor relativamente bom escrevi essas últimas linhas; ou seja, não é que estivesse, na ocasião, bem-humorado, mas andava seguro de mim e cheio de esperanças inabaláveis! Duvidava, ao menos, um pouco de minhas forças? Passaram-se, pois, um ano e meio, com mais alguns meses, e fiquei, a meu ver, bem pior do que um mendigo! Mas que mendigo? Estou cuspindo para a mendicidade! Dei cabo de mim, simplesmente! Aliás, quase não tenho comparações nem preciso pregar moral a mim mesmo! Não há nada mais absurdo do que a moral, nesses tempos! Oh, gente soberba: com que altivez orgulhosa é que esses falastrões se aprontam para ler suas sentenças! Se eles soubessem a que ponto eu mesmo compreendo toda a abominação de meu atual estado, a sua língua não se moveria, por certo, para me ensinar. O quê, mas o que eles podem dizer-me de novo, ainda ignorado? E será que o problema consiste nisso? O problema é que tudo muda com um giro da roda, e que esses mesmos moralistas serão os primeiros (estou convencido disso) a vir, brincalhões amigáveis, felicitar-me. E deixarão de virar-me as costas, como agora. Arre, estou cuspindo para todos eles! O que sou hoje? Zero. O que posso ser amanhã? Amanhã posso ressuscitar dos mortos e tornar a viver! Posso redescobrir em mim um ser humano, antes que este pereça!

De fato, fui então a Homburg, mas... estive depois, outra vez, em Rolettenburg, estive em Spa, estive até em Baden,[1] onde acompanhava, como criado de quarto, o conselheiro Hinze, um cafajeste e, àquela altura, meu patrão. Sim, fui um lacaio durante cinco meses! Isso aconteceu logo após a prisão. (É que tinha sido preso em Rolettenburg, por causa de uma dívida de lá. Uma pessoa desconhecida me resgatou: quem seria? Mister Astley? Polina? Não sei, mas a dívida — no total, duzentos táleres — foi liquidada, e eu saí da cadeia.) Aonde iria? Acabei contratado por Hinze. Ele é jovem e leviano, dado a preguiça, e eu sei falar e escrever em três idiomas. De início, fui contratado como uma espécie de secretário, por trinta florins mensais, mas terminei sendo um verdadeiro lacaio: ele não tinha mais condições de pagar um secretário, diminuindo o ordenado, e eu não tinha escolha e, dessa maneira, fiquei em sua casa e transformei-me, por mim mesmo, num lacaio. Comia e bebia pouco, enquanto servia na casa dele, mas, em compensação, juntei setenta florins em cinco meses. Uma noite, em Baden, declarei que queria deixá-lo e,

[1] Cidade localizada no sudoeste da Alemanha (Baden-Baden).

na mesma noite, fui para a roleta. Oh, como batia o meu coração! Não me importava com o dinheiro, não! Queria apenas que, no dia seguinte, todos aqueles Hinze, todos aqueles hoteleiros, todas aquelas suntuosas damas de Baden, que todos eles falassem de mim, recontando a minha história, surpreendendo-se comigo, elogiando-me e venerando o meu novo ganho. Eram pueris todos aqueles sonhos e preocupações, mas... quem sabe: talvez fosse encontrar Polina e contar-lhe, para ela ver que eu estava acima de todos os vãos empurrões da sorte... oh, eu não dava valor ao dinheiro! Tenho a certeza de que voltaria a dissipá-lo com uma Blanche, andando em Paris, por três outras semanas, com um par de meus próprios cavalos de dezesseis mil francos. Eu bem sei que não sou avarento, e até creio que seja perdulário; entretanto, com que vibrações e palpites escuto o *croupier* gritar: "*trente--et-un, rouge, impair et passe*",[2] ou: "*quatre, noir, pair et manque*"![3] Com que cobiça olho para a mesa de jogo, onde estão espalhados luíses, fredericos e táleres, para as pilhazinhas de ouro, as quais se desfazem, puxadas pelo rodinho do *croupier*, em montículos fulgentes como o fogo, ou para os amontoamentos de prata, de um *archin*[4] de comprimento, dispostos em volta da roleta. Ainda longe, a dois cômodos da sala de jogo, assim que ouvir o tinir do dinheiro transposto, quase sofro um ataque de convulsões.

Oh, aquela noite, em que levei os meus setenta florins à mesa de jogo, também foi notável. Comecei por apostar

---

[2] (...) trinta e um, vermelha, ímpar e sobra.

[3] (...) quatro, preta, par e falta.

[4] Antiga medida de comprimento russa, equivalente a 0,71 m.

dez florins no *passe*. Tenho uma superstição no tocante ao *passe*. Perdi. Restavam-me sessenta florins em moedas de prata; pensei um pouco e escolhi o zero. Fui apostando no zero cinco florins de uma vez; no terceiro lance o zero deu, de súbito, e eu estava para morrer de alegre, ao receber cento e setenta e cinco florins: não exultei tanto quando ganhei cem mil. Logo apostei cem florins na *rouge* — deu; todos os duzentos na *rouge* — deu; todos os quatrocentos na *noir* — deu; todos os oitocentos no *manque* — deu; somados aos que já tinha, seriam mil e setecentos florins ganhos em menos de cinco minutos! Sim, nesses momentos todos os precedentes fracassos ficam esquecidos! É que consegui isso arriscando a própria vida: ousei arriscar, e eis-me, de novo, no meio dos seres humanos!

Aluguei um quarto, tranquei a porta e fiquei, mais ou menos até as três horas da madrugada, contando o meu dinheiro. De manhã, não era mais um lacaio. Decidi ir a Homburg no mesmo dia: lá não fora lacaio nem estivera na cadeia. Meia hora antes de o trem partir, fui fazer, no máximo, duas apostas e perdi mil e quinhentos florins. No entanto, mudei-me para Homburg assim mesmo, e já faz um mês que estou aqui...

É claro que vivo numa constante angústia, fazendo as menores apostas, esperando por algo, calculando, permanecendo dias inteiros perto da mesa e *observando* o jogo, que vejo até em sonhos, contudo me parece que fiquei como que entorpecido, como que atolado num lodo. Tal conclusão resulta da impressão que me deu o encontro com Mister Astley. Não nos víamos desde aquele tempo e encontramo-nos por acaso. Eis como isso aconteceu. Passando pelo jardim, eu pensava que agora quase não tinha dinheiro, sobrando-me apenas cinquenta florins, mas que, fora isso, pagara, dois dias antes, toda a conta do hotel em que alugava um cubículo. Restava-me, pois, a possibilidade de jogar na roleta mais uma vez só: se ganhasse, ao menos, alguma coisa, poderia continuar o jogo; se perdesse, teria de voltar a ser lacaio, a menos que achasse logo os russos precisando de preceptor. Ocupado com esse pensamento, seguia o meu diário roteiro através do parque e da floresta, até o principado vizinho. Às vezes, passeava desse modo umas quatro horas e regressava a Homburg cansado e faminto. Assim que passei do jardim ao parque, de chofre vi Mister Astley sentado num banco. Ele foi o primeiro a avistar-me e chamou por mim. Sentei-me ao lado dele. Tinha-me alegrado muito com o nosso encontro, mas, percebendo nele certa presunção, logo moderei o meu entusiasmo.

— Então, você está aqui! Bem que eu pensava que ia encontrá-lo — disse-me ele. — Não se dê a pena de contar: eu sei, sei de tudo; estou a par de toda a sua vida de um ano e oito meses para cá.

— Ué, é desse jeito que você espia seus velhos amigos! — respondi. — É uma honra não ser esquecido... Espere; no entanto, você me dá uma ideia: não foi você quem me libertou da cadeia em Rolettenburg, quando fiquei preso por dívida de duzentos florins? Fui resgatado por uma pessoa desconhecida.

— Oh, não, não. Não o libertei da cadeia em Rolettenburg, quando ficou preso por dívida de duzentos florins, mas sabia que tinha ido para a cadeia por dívida de duzentos florins.

— Ou seja, você sabe quem me resgatou?

— Oh, não; não posso dizer que sei quem o resgatou.

— É estranho. Nenhum dos nossos russos me conhece; ademais, os russos daqui não iam, decerto, resgatar-me. É lá na nossa terra, na Rússia, que os ortodoxos resgatam os ortodoxos. Por isso pensava que teria sido um inglês extravagante, por extravagância mesmo.

Mister Astley me escutava com certa admiração. Pelo visto, ele tinha achado que iria encontrar-me triste e acabado.

— Todavia estou muito contente de vê-lo conservar toda a independência de seu espírito e até sua alegria — proferiu ele com um ar meio desagradável.

— Ou seja, está rangendo de desgosto, aí dentro, de que eu não esteja derrotado e humilhado — disse-lhe, rindo.

Ele demorou a entender, mas, entendendo, sorriu.

— Gosto de suas pilhérias. Por essas palavras, eu reconheço o meu amigo de outrora: inteligente, vivido, exaltado e, ao mesmo tempo, cínico. Só os russos sabem reunir em si tantos opostos de uma vez. É verdade que o homem gosta de ver o melhor amigo humilhado na sua frente; a amizade se baseia, muitas vezes, na humilhação, e todas as pessoas inteligentes conhecem essa velha máxima. Mas, neste caso, asseguro-lhe, estou sinceramente contente de que você não se aflija. Diga, não se dispõe a largar o jogo?

— Que o diabo o carregue! Vou largar sem falta, assim que...

— Assim que tomar desforra? Bem que pensava nisso... Não termine a frase; eu sei que falou sem querer, logo foi a verdade. Diga, não tem outras ocupações, além do jogo?

— Não, nenhuma...

Ele começou a interrogar-me. Eu não sabia nada, porque quase não lia jornais e, decididamente, não tinha aberto um só livro nesse tempo todo.

— Está entorpecido — notou ele. — Você não apenas abriu mão da vida, dos interesses privados e públicos, dos deveres de cidadão e de homem, dos seus amigos (é que tinha amigos, apesar de tudo), não apenas desistiu de qualquer objetivo que fosse, exceto o ganho, como também das suas recordações. Lembro-me de você num momento ardente e forte da sua vida, mas estou convencido de que se esqueceu das suas melhores impressões de então. Os seus sonhos de hoje, os seus desejos mais atuais não passam de "pair e impair, rouge, noir, os doze do meio", etc., etc., tenho toda a certeza!

— Chega, Mister Astley, por favor, por favor não me lembre — exclamei com desgosto, quase encolerizado. — Fique sabendo que não esqueci absolutamente nada, apenas bani, por um tempo, tudo aquilo da minha cabeça, inclusive as recordações, até que consiga melhorar radicalmente as minhas circunstâncias. Aí... aí você me verá ressuscitar dos mortos!

— Você estará neste lugar daqui a dez anos — disse ele. — Vamos apostar que o lembrarei disto, se ainda estiver vivo, neste mesmo banco.

— Mas chega — interrompi-o, impaciente —, e, para provar que não sou tão esquecido em relação ao passado, deixe-me perguntar: onde está agora Miss Polina? Se não foi você quem me resgatou, então, sem dúvida, foi ela. Desde aquele tempo, não tive nenhuma notícia dela.

— Oh, não, não! Não acho que ela o tenha resgatado. Agora ela está na Suíça, e você me fará grande prazer, se parar de indagar-me sobre Miss Polina — disse ele, resoluto e até mesmo zangado.

— Isso significa que você também foi ferido por ela! — dei uma risada involuntária.

— Miss Polina é o melhor de todos os entes que mais mereçam respeito, mas repito-lhe: você me fará enorme prazer, se parar de indagar-me sobre Miss Polina. Nunca a conheceu, e eu considero o nome dela nessa sua boca ofensivo para a minha moral.

— É mesmo? Aliás, não está com a razão. Pense bem: de que falaria com você, fora isso? É que nisso consistem todas as nossas recordações. Não se preocupe, portanto, que não me interesso pelos seus pessoais e secretos negócios... O que me interessa é só a situação externa de Miss Polina; é só, para assim dizer, o presente exterior dela. Isso pode ser dito em duas palavras.

— Pois bem, contanto que tudo se limite a essas duas palavras. Miss Polina passou muito tempo doente (e continua doente até hoje); por algum tempo, ela morou com minha mãe e minha irmã, no norte da Inglaterra. Há seis meses, a sua avó — aquela mesma mulher maluca, você lembra? — faleceu e deixou, pessoalmente para ela, uma fortuna de sete mil libras. Agora Miss Polina está viajando com a família de minha irmã, que se casou. O pequeno irmão e a irmã dela também são amparados pelo testamento da avó e estudam em Londres. O general, seu padrasto, morreu em Paris, de derrame, um mês atrás. Mademoiselle Blanche o tratava bem, mas acabou transferindo tudo o que ele tinha herdado da avó para o nome dela... Parece que é tudo.

— E Des Grieux? Ele também estaria viajando pela Suíça?

— Não, Des Grieux não está viajando pela Suíça, e eu não sei onde ele está. Além disso, aviso-o, de uma vez por todas, para que evite tais alusões e comparações baixas, senão terá de me dar, com certeza, satisfações.

— Como? Apesar das nossas relações amicais de outrora?

— Sim, apesar das nossas relações amicais de outrora.

— Peço-lhe mil desculpas, Mister Astley. Mas espere: não há nisso nada de ofensivo e baixo, pois não acuso Miss Polina de nada. Ainda por cima, um francês e uma donzela russa, de modo geral, é uma comparação, Mister Astley, que nós dois não conseguiríamos decifrar ou compreender em definitivo.

— Se você deixasse de mencionar o nome de Des Grieux junto do outro nome, pedir-lhe-ia que me explicasse o que quer dizer essa expressão: "um francês e uma donzela russa". Que "comparação" é essa? Por que seriam logo um francês e precisamente uma donzela russa?

— Está vendo, você ficou interessado. Mas é uma longa matéria, Mister Astley. Precisa-se saber muita coisa, de antemão. Aliás, é uma questão importante, por mais risível que tudo isso seja à primeira vista. O francês, Mister Astley, é uma forma bonita e rematada. Você, como britânico, talvez não concorde com isso; eu, como russo, tampouco concordo, nem que seja só por despeito, mas as nossas donzelas podem ter outra opinião. Você pode achar Racine[5] afetado, deformado e perfumado; quem sabe, talvez nem vá lê-lo. Eu também o acho afetado, deformado e perfumado, de certo ponto de vista, até ridículo. Contudo ele é belo, Mister Astley, e, o essencial, é um grande poeta, queiramos isso nós dois

[5] Racine, Jean (1639–1699): célebre dramaturgo francês.

ou não. A forma nacional do francês, isto é, do parisiense, começou a refinar-se quando nós todos ainda éramos ursos. A revolução é herdeira da fidalguia. Atualmente o mais reles francelho pode ter maneiras, modos de agir, expressões e até mesmo ideias de forma plenamente refinada, sem que sua iniciativa, sua alma e seu coração participem dessa forma: ele ganhou tudo isso como herança. Por si só, eles podem ser a gente mais oca e vil que existe. E agora, Mister Astley, vou comunicar-lhe que não há criatura mais ingênua e sincera, neste mundo, que a bondosa, inteligente e não muito artificial moça russa. Se aparecer mascarado, fazendo algum papel, um Des Grieux pode conquistar o coração dela com uma facilidade extraordinária. Ele possui uma forma refinada, Mister Astley, e a moça toma essa forma pela própria alma dele, pela forma natural de sua alma e seu coração, e não pela roupa herdada. Devo confessar-lhe, para o seu maior desgosto, que os ingleses são, em sua maioria, desajeitados e sem elegância, enquanto os russos sabem discernir, assaz nitidamente, a beleza e deixam-se seduzir por ela. Mas, para divisar a beleza espiritual e a singularidade pessoal, precisa-se ter independência e liberdade infinitamente maiores do que têm as nossas mulheres, sem falar em donzelas, e, em todo caso, mais experiência. Quanto a Miss Polina — desculpe, o dito não retrocede —, ela precisará de muito, mas muito tempo para resolver preferi-lo ao cafajeste Des Grieux. Dar-lhe-á valor, tornar-se-á sua amiga, abrir-lhe-á todo o seu coração, mas nesse coração, ainda assim, reinará o odioso canalha, o vil e pífio agiota Des Grieux. Aquilo ficará, para assim dizer, tão somente por teimosia e amor-próprio, porque aquele mesmo Des Grieux lhe aparecia, outrora, com a auréola de um refinado marquês, de um liberal desiludido que se tinha arruinado (será?) ajudando a família dela e o general leviano. Todas essas falcatruas foram descobertas mais tarde. Mas isso não mudou nada: tragam-lhe agorinha de volta o Des Grieux de outrora, eis o que ela anseia! E quanto mais ela odiar o Des Grieux hodierno, tanto mais saudades sentirá do antigo, ainda que este tenha existido apenas em sua imaginação. Você é refinador de açúcar, Mister Astley?

— Sim, sou acionista da conhecida empresa Lowel & Cia.

— Pois está vendo, Mister Astley? De um lado, um refinador de açúcar, e do outro lado, Apolo do Belvedere;[6] tudo isso não se liga, de certa maneira. Quanto a mim, nem refinador eu sou; sou apenas um pequeno jogador de roleta e mesmo fui um lacaio, o que Miss Polina certamente já sabe, porque ela tem, ao que parece, bons espiões.

— Você está com rancor, por isso diz todas essas bobagens — retrucou Mister Astley, imperturbável e reflexivo. — Além disso, suas palavras não têm originalidade.

— Concordo! Mas o horror, meu nobre amigo, é que todas as minhas acusações, por mais obsoletas, vulgares e dignas de *vaudeville* que sejam, não deixam de ser justas! Diga o que disser, nós dois não ganhamos nada!

— É uma bobagem repugnante... porque, porque... fique sabendo! — A voz de Mister Astley tremia e seus olhos brilhavam. — Fique sabendo, homem ingrato e

---

[6] Famosa estátua do deus grego Apolo preservada nos museus do Vaticano, símbolo da beleza masculina.

indigno, ínfimo e infeliz, que eu vim a Homburg por especial incumbência dela, a fim de vê-lo, falar com você longa e cordialmente, e transmitir a ela tudo: seus sentimentos e pensamentos, suas esperanças e... recordações!

— É verdade! Verdade? — exclamei, e as lágrimas me inundaram os olhos. Não conseguira contê-las, parece-me, pela primeira vez em toda a minha vida.

— Sim, homem infeliz, ela o amava, e eu posso revelar-lhe isso, porque você está perdido! E mais que isso: mesmo se lhe disser que ela o ama até agora, você, não obstante, ficará aqui! Sim, você acabou consigo. Tinha certas capacidades, uma índole viva, e não era uma pessoa ruim; até mesmo poderia ser útil à sua pátria, a qual precisa tanto de homens certos, mas permanece aqui, e sua vida está acabada. Não o condeno. A meu ver, todos os russos são assim ou tendem a ser assim. Se não for a roleta, será outra coisa semelhante. As exceções são raríssimas. Você não é a primeira pessoa que não entende o que é o trabalho (não me refiro ao seu povo). A roleta é um jogo russo por excelência. Até agora, você tem sido honesto, preferindo ser lacaio a roubar... mas tenho medo de pensar no que pode acontecer no futuro. Basta, adeus! Com certeza, você precisa de dinheiro: eis aqui dez luíses; não lhe dou mais, porque os perderá de qualquer maneira. Tome-os e adeus! Vá, tome!

— Não, Mister Astley, depois de tudo o que foi dito...

— Tome-os! — bradou ele. — Estou seguro de que você ainda é nobre, e dou-lhe dinheiro como a um amigo de verdade. Se tivesse a certeza de que logo abandonaria o jogo e, saindo de Homburg, iria para o seu país, estaria disposto a dar-lhe, de imediato, mil libras para iniciar uma nova carreira. Mas dou-lhe apenas dez luíses, em lugar de mil libras, porque atualmente mil libras e dez luíses são a mesmíssima coisa para você, que vai perdê-los de qualquer jeito. Tome, pois, e adeus.

— Tomarei, se você me permitir um abraço de despedida.

— Oh, com prazer!

Abraçamo-nos com sinceridade, e Mister Astley foi embora.

Não, ele não tem razão! Se fui bruto e tolo em relação a Polina e Des Grieux, ele foi bruto e precipitado no tocante aos russos. Não digo nada sobre mim mesmo. De resto... de resto, tudo isso está errado. Tudo isso são palavras, palavras e palavras, e necessita-se de ações! O que importa agora é a Suíça! Amanhã, oh, se pudesse partir amanhã mesmo! Ressuscitar, renascer.

Eu preciso provar-lhes... Saiba, Polina, que ainda posso ser gente. Seria só... aliás, agora é tarde, mas amanhã... Oh, tenho palpites, e outra coisa não poderia acontecer! Agora tenho quinze luíses e começava, por vezes, com quinze florins! Se começar com cautela... será, será mesmo que sou tão imaturo assim? Será que não compreendo que estou perdido? Mas por que é que não poderia ressuscitar? Sim, é só eu agir, pelo menos uma vez na vida, com cálculo e paciência, e tudo vai dar certo! É só patentear, pelo menos uma vez na vida, o meu sangue-frio, e poderei, numa hora apenas, mudar todo o meu destino! O principal é o sangue-frio. É só relembrar o que se deu comigo, nesse gênero, sete meses atrás em Rolettenburg, às vésperas da minha ruína definitiva. Oh, foi um caso notável de audácia, já que tinha perdido tudo, tudo... Ao sair do cassino, percebi que mais um florim se movia no bolso de meu colete. "Ah, então tenho com que almoçar!" — pensei, mas, dando uns cem passos, mudei de ideia e retornei. Apostei esse florim no *manque* (daquela vez tinha dado o *manque*), e, palavra de honra, há algo peculiar na sensação que surge quando, sozinho, no estrangeiro, longe da pátria, dos amigos e sem saber o que vais comer hoje, tu apostas o último florim, o restante, o derradeiro dos derradeiros! Ganhei e, vinte minutos depois, deixei o cassino com cento e setenta florins no bolso. É um fato! Eis o que pode significar, às vezes, o último florim! E se me tivesse desanimado então, se me tivesse faltado coragem?

Amanhã, amanhã tudo terá terminado!

Sobre o tradutor

Nascido na Bielorrússia em 1971 e radicado no Brasil desde 2005, Oleg Almeida é poeta, ensaísta e tradutor, sócio da União Brasileira de Escritores (UBE/São Paulo). Autor dos livros de poesia *Memórias dum hiperbóreo* (2008, Prêmio Internacional Il Convivio, Itália/2013), *Quarta-feira de Cinzas e outros poemas* (2011, Prêmio Literário Bunkyo, Brasil/2012), *Antologia cosmopolita* (2013) e *Desenhos a lápis* (2018), além de diversas traduções de clássicos das literaturas russa e francesa. Para a Editora Martin Claret, a par de *Diário do subsolo*, traduziu *O jogador, Crime e castigo, Memórias da Casa dos mortos, Humilhados e ofendidos, Noites brancas* e *O eterno marido*, de Dostoiévski, *Pequenas tragédias*, de Púchkin, *A morte de Ivan Ilitch e outras histórias*, de Tolstói, e *O esplim de Paris: pequenos poemas em prosa*, de Baudelaire, bem como uma extensa coletânea de contos russos.

Título original em russo: Записки из подполья.
Ano da primeira publicação: 1864.

DIREÇÃO
Martin Claret

PRODUÇÃO EDITORIAL
Carolina Marani Lima
Giovana Quadrotti

CAPA
Allora

TRADUÇÃO E NOTAS
Oleg Almeida

REVISÃO
Waldir Moraes

IMPRESSÃO E ACABAMENTO
Bartira Gráfica

Dados Internacionais de Catalogação na Publicação (CIP)
(Câmara Brasileira do Livro, SP, Brasil)

Dostoiévski, Fiódor, 1821-1881.
O jogador / Fiódor Dostoiévski; tradução e notas por Oleg Almeida.
— 1. ed. — São Paulo: Martin Claret, 2025.

Título original: Записки из подполья

ISBN 978-65-5910-309-6

1. Romance russo I. Almeida, Oleg. II. Título

24-240432 CDD-891.73

Índices para catálogo sistemático:

1. Romances: Literatura russa 891.73
Aline Graziele Benitez – Bibliotecária – CRB-1/3129

EDITORA MARTIN CLARET LTDA.
Rua Alegrete, 62 – Bairro Sumaré – CEP: 01254-010 – São Paulo, SP
Tel.: (11) 3672-8144 – www.martinclaret.com.br
Impresso – 2025